厦门大学哲学社会科学
繁荣计划资助项目

学·研·文·库

文化翻译视域下葛浩文英译莫言小说研究

孙 宇 | 著

中央编译出版社
CCTP Central Compilation & Translation Press

图书在版编目（CIP）数据

文化翻译视域下葛浩文英译莫言小说研究 / 孙宇著
.-- 北京 : 中央编译出版社，2019.8
ISBN 978-7-5117-3708-3

Ⅰ. ①文…
Ⅱ. ①孙…
Ⅲ. ①中国文学—当代文学—英语—文学翻译—研究
Ⅳ. ① I206.7 ② H315.9

中国版本图书馆 CIP 数据核字（2018）第 296051 号

文化翻译视域下葛浩文英译莫言小说研究

出 版 人：葛海彦
责任编辑：杜永明
责任印制：刘 慧
出版发行：中央编译出版社
地　　址：北京西城区车公庄大街乙 5 号鸿儒大厦 B 座（100044）
电　　话：（010）52612345（总编室）　（010）52612339（编辑室）
（010）52612316（发行部）　（010）52612346（馆配部）
传　　真：（010）66515838
经　　销：全国新华书店
印　　刷：三河市华东印刷有限公司
开　　本：710 毫米 ×1000 毫米　1/16
字　　数：168 千字
印　　张：14
版　　次：2019 年 8 月第 1 版
印　　次：2019 年 8 月第 1 次印刷
定　　价：68.00 元

网　　址：www. cctphome. com　**邮　　箱**：cctp@cctphome. com
新浪微博：@ 中央编译出版社　**微　　信**：中央编译出版社（ID：cctphome）
淘宝店铺：中央编译出版社直销店（http：// shop108367160.taobao.com）（010）55626985

本社常年法律顾问：北京市吴栾赵阎律师事务所　闫军　梁勤
凡有印装质量问题，本社负责调换，电话：（010）55626985

前　言

正如欧洲三大汉学家之首的荷兰著名汉学家施舟人所说，“中国文化意义重大，不能被中国人独享”，中国文学也是这样，应该让世界读者共同分享。纵观20世纪至21世纪初，中国现当代文学并不逊色于其他国家的同时代作品。虽然莫言获得诺贝尔文学奖对于中国当代文学产生了巨大而深远的影响，但中国当代文学在世界文学版图上并未占据强有力的位置。究其原因，这种现状的形成不在于文学本身，而是异质文化和语言障碍造成的。自从莫言获得诺贝尔文学奖以来，其作品英译者葛浩文的翻译在国内翻译界引起巨大波澜。从汉语到域外语言，莫言小说通过翻译的渠道跨越了文化的边界，翻译的过程也就变成了异质文化之间进行交流的过程。虽然葛浩文被誉为“西方首席汉语文学翻译家”，其翻译观也像莫言获得诺贝尔文学奖一样，在学术界引起了很大争议。鉴于国内传统翻译界和比较文学视域下新兴的译介学在观念上存在很大差异，对于葛浩文的翻译，翻译界和比较文学界各抒己见，众说纷纭，难以形成定论，也正是这种差异造成了国内部分学者对葛氏翻译甚为极端的负面评价。但正是由于葛浩文长期以来对莫言小说的不断翻译和推介才使其作品受到西方国家文学界的持续关注，使中国文学在某种程度上走了出去，这一点是毋庸置疑的。

也正是因为如此，在文化翻译背景下，重新审视中国文学翻译的评价标准，更新中国翻译界的翻译理念也就具有了时代意义。

自翻译学的学科地位得以确立以来，在全球化语境下，随着翻译研究与比较文学的兴起与发展，自 20 世纪 90 年代起，翻译研究的多元系统理论逐渐取代了传统翻译研究中的语言学派。1990 年，文化学派翻译研究学者苏珊·巴斯奈特和安德烈·勒菲弗尔在他们合编的《翻译、历史与文化》(*Translation, History and Culture: A Source Book*) 一书中正式提出了“翻译研究的文化转向”。此后，文化学派的翻译理论逐渐进入中心地位。

相比之下，中国翻译研究和学科建设尽管比较滞后，近些年，在西方翻译研究的影响下，也已经进入良性的发展阶段。中国译介学的建立与传统翻译理论虽然产生了观念上的冲突，但在 21 世纪初，通过西方的文化翻译与中国译介学的结合，中国翻译研究也已经基本实现了文化转向。译介学最初是在比较文学视域下从媒介学中分支出来，目前则主要从比较文化的角度对文学翻译进行研究。国际翻译研究文化转向的代表人物：苏珊·巴斯奈特、安德烈·勒菲弗尔、劳伦斯·韦努蒂以及中国译介学的创始人谢天振的学术著作极大地推动了国际翻译研究的文化转向。通过分析这些代表人物的学术思想，翻译研究文化转向由西向东发展的脉络得到充分显现，这对中国文学进入世界文学空间，并占据重要位置起着至关重要的作用。

莫言小说英语翻译家葛浩文是中国现当代小说英译的奠基人，自 20 世纪 70 年代开始从事中国现当代小说的翻译实践与研究，成绩斐然，为中国文学的对外传播做了巨大的贡献。他以对中国现代作家萧红作品的译介为开端，开启了中国文学英译之路，在此过程中积累了大量经验，并形成了与众不同的翻译观。葛浩文在翻译莫言作品时，不但保持了一致的翻译风格，而且还撰写了很多评论性文章。本书通过整理这些文章将他的主要翻译观点予以总结，可以归结为：忠实原则、读者意识和创造性叛逆。对葛浩文翻译观的梳理可以为中国文学外译带来新的启迪。在当前中外文学交流不平衡的状态下，对葛浩文的文学翻译实践进行研究，对中国现当代文学在海外的传播意义重大。

作为中国文学外译取得成功的典范，莫言小说在域外传播过程中，从国外批评家在政治层面的批判到对文本特色赞扬的转变，表明中国文学已经在世界文学中产生了举足轻重的影响。莫言的代表作《红高粱家族》(1987)和《檀香刑》(2008)，各具特色，分别代表了莫言早期和近年创作的最高水准，两本书出版的时间跨度长达21年，但其英译本在西方读者中均引起了很大反响。因而，通过文化翻译理论来阐释中国文学作品在英译过程中所遇到的问题具有强烈的时代迫切性。

以葛浩文对莫言小说的翻译为个案，文化翻译为理论基础，探讨葛浩文中国文学英语翻译的特点、翻译策略与技巧和在文学系统外部的影响下其译作封面的文化因素能够充分论证中国文学在翻译过程中的再创造空间，进而解决中国文学到底应该如何“走出去”的问题。显然，译作只有具有符合译入语读者的语言习惯和阅读喜好的母语表达，才能够真正被译入语读者接受。

在全球化时代和科学技术日新月异的今天，世界文学的概念已经从歌德所做的定义发生了根本性的转变。中国文学只有进入美国学者大卫·达姆罗什为世界文学重新定义的“自由阅读与流通”的概念中才能够真正“走出去”，才能在“世界文学空间”中真正实现国家文化软实力的提升。中国文学在传播过程中已经受到了“华语语系文学”所带来的巨大冲击。本书通过分析以莫言小说为代表的当代中国文学作品在英语世界的传播现状，来厘清中国文学翻译的未来发展方向，可以帮助中国学者摆脱以语言转换为主导的传统翻译观的思想局限。同时，建立对中国文学外国译者的鼓励机制，通过增加翻译奖项的颁发，增进国外译者与中国作家、学者之间的交流与沟通，完善针对外国译者开展的项目资金和培训平台等方式，可以使更多热爱中国文学的外国译者积极地投身于中国文学的译介，使中国文学在世界文学的舞台上发扬光大，完成中国文化与文学的伟大复兴。

序言　为文化翻译研究新作喝彩

文学作品翻译作为异质文化之间进行交流的桥梁和纽带，是比较文学研究的重要领域之一。孙宇的《文化翻译视域下葛浩文英译莫言小说研究》一书即将出版，该专著从理论到实证，在文化翻译研究领域内开创了一片新的天地，为文学翻译研究做出了一位青年学者应有的贡献，是一件可喜可贺的大好事！

莫言是第一位获得诺贝尔文学奖的中国作家，其获奖的成功实例表明，中国文学作品若试图进入世界文学领域，被域外读者接受，就需要冲破不同语言之间的障碍，这就是翻译从中助力的结果。莫言小说能够被西方英语世界的广大读者接受，并在其英译本的基础上被转译为其他欧洲语言，呈现在整个世界读者的面前，美国著名翻译家葛浩文的贡献是有目共睹的。然而，翻译作为文学作品在域外进行传播的手段之一，不仅仅具有文学作品在世界各国、各民族之间进行交流的表层意义，因为文学翻译并不仅仅是不同语码的转换，而是东西方异质文化之间碰撞与融合的一个过程。孙宇这本专著的最大亮点也正在于此。

纵观中外翻译理论的发展史，“忠实原文”一直是学术界和翻译界遵循的准则。随着翻译理论和文化全球化的发展，学术界和翻译界更加关注文学作品的文化翻译。这种现象的出现是有其理论根据的。孙宇认为，文化是一种社会现象，包括物质和精神两个层面，是民族或国家的社会历史积淀物；文化既凝结于物质之中，又游离于物质之外。由于国家或民族的历史、地理、传统习俗、生活方式、风土人情、文学艺术、行为规范、价值观念和思维方式等均被包容在国家或民族文化的范畴之内，所以文化又被视为一种整个人类进行交流且可以传承的意识形态。由于文学作品的文化翻译恰恰也是一个民族或国家的意识形态在域外进行传播的手段，因此文学翻译的文化转向研究被推向了翻译理论研究与翻译实践的前台。

文学的文化翻译研究始于西方的翻译界和学术界，然而将其发展到一个新历史阶段的却是中国当代翻译理论界。孙宇在列举了中国学派在比较文学领域中跨语言的大量相关例证之后，充分肯定了以谢天振教授为代表的中国译介学学派对世界翻译理论的重大贡献。她指出，中国的新时期翻译研究在完成了“文化转向”之后，翻译的文化研究必将成为中国比较文学学科中一个极为重要的研究领域。然而，以文化研究为导向的中国学派的译介学也并非是一帆风顺地建立和发展起来的。其间，持传统翻译观念的学者对该翻译理论也曾一直持怀疑和否定，但经过长时期的论争，新老学派最终还是达成了一致，其认同的基础在于，翻译并非仅是单纯的语言行为，其理论与实践必须植根于不同语言所处的文化之中。文学作品的翻译过程是经译者的辛勤劳动，将原作变成译作的过程，那么，译者也就成为该作品的第二作者。如何在文学译作中克服语言和文化的双重障碍，使目的语的读者接受原作的文化信息，这是摆在翻译理论界和翻译家面前亟待解决的重大难题。西方学术界虽然提出了文化翻译这个命题，但并没有很好地解决这个问题。孙宇认为，中国的译介学学派较好地解决了这个问题。在文化转向的基础上，中国当代的翻译界在“西学东渐”的过程中建立起来的译介学影响和改变了当代中国翻译理论的进程和发展方向，同时也推动了域外翻译理论与实践的当代发展。

中国当代翻译理论学派在与传统的翻译理论学派长期论争之后，形成了以“两种文化转换中的语言媒介”为核心的译介学。不可否认的是，文学作品翻译必须坚持“以信为本”的原则。然而，当原作语言与译作语言之间出现文化差异和冲突时，如何坚持这一原则，就是摆在翻译理论界和翻译家面前的一大难题。为此，谢天振教授在《译介学》中坚持了“翻译是一种创作性叛逆”的观点，因为“翻译活动在处理不同民族之间的文化差异时，这些跨语言、跨民族、跨国界、跨文化的信息在传递过程中将会难以避免地遭到不同程度的信息的减少、变形和增加”。孙宇专著的显著特点之一是作者对中国当代译介学的肯定。孙宇除对中国传统的翻译理论做出了客观评价以外，还对西方以瓦尔特·本雅明和雅克·德里达等人为代表的解构主义理论，以苏珊·巴斯奈特的比较文学已死论、安德烈·勒菲弗尔的操控论、劳伦斯·韦努蒂的归化与异化论等相关理论做出了分析与评价。孙宇专著在论证中国当代翻译理论的发展同时，对中外学术界前人的相关成果做了大量研究，进而总结出中国学派的译介学在文学作品翻译的相关理论中具有承前启后的意义。

孙宇专著的另一特色是作者对葛浩文的中国文学情结进行了研究，为葛浩文的莫言小说英译研究奠定了背景基础。她以对萧红、萧军、老舍、巴金、苏童、毕飞宇、刘震云、刘恒、王朔、阿来等作家的关注及其作品的翻译为例，论证了葛浩文的中国文学情结，尤其是论述了葛浩文在翻译中国小说过程中对中国文化的深入调查与研究，为莫言小说在中国和美国双重文化背景下的翻译实践奠定了文化基础。孙宇在专著中以葛浩文本人的文章为例，评析了改革开放时期对中国文学产生过巨大影响的各个文学流派，这不但解决了葛浩文对当代中国文学创作的认识视野问题，而且论证了提高中国文学在世界文学中的魅力与吸引力的外在原因。

莫言小说能够被世界文学所了解并被认可，葛浩文文化翻译的功绩是不可抹杀的。孙宇认为，从一定意义上讲，民族语言是了解一个国家或民族文化的中介和窗口，所以翻译对于促进一个国家或民族与外界的文化交流发挥着极为重要的中介作用。以《天堂蒜薹之歌》为例，葛浩文对这部国内外学术界众说纷纭的作品评价道："小说写得亦真亦幻，扣人心弦，激情澎湃，场面宏大又个性鲜明。有人将其视为政治小说，其充分的证据是，虽然莫言未必相信小说就能改变大众或个人，但他确实相信，文学艺术有着人道主义的力量。"① 显然，这种观点表明，葛浩文对中国文化深刻内涵的理解是其成功翻译莫言小说的先决条件。

孙宇认为，葛浩文的文化翻译观也同样体现在"信"字上，以学术界论争的焦点而论，这就是"忠实"与"伪忠实"的翻译原则问题。她认为，葛浩文解决这个难题的有效手段是删减莫言原作的文化负载信息，以此来减少译作在英语世界的文化中存在的接受困难，其采取的"伪忠实"译法，在一定程度上展现出中国文化与汉语和西方文化与英语的双重特点，进而向英语读者传达莫言原作的中国风情，为东西方之间的交流打破了异质文化之间的障碍。葛浩文意识到译者的工作是用其母语将原作作者的思想表达出来，因而，"翻译的内容必须与原文的内容一致，忠实就成了译者的首要任务。"② 葛浩文虽一直坚持译者应该忠实地传达原作和原作者的意图，但并非是对原作者所写语句

① [美]葛浩文:《论中国文学》，史国强译，现代出版社 2014 年版，第 214 页。

② [美]葛浩文:《论中国文学》，史国强译，现代出版社 2014 年版，第 46 页。

的直译，他更加看重在意义、风格与审美层面的忠实。另外，“读者意识”是葛浩文在莫言小说翻译中所一贯秉持的翻译原则，其观点是“我译故我在”。葛浩文同时对“达”和“雅”的翻译原则也给予了高度重视，认为译者需要做的就是在保证译文的“可读性与可接受性”的前提下，为读者最大限度地再现原作的韵味、精神与风貌。“创造性叛逆”的翻译原则是解决这个难题的关键手段之一。这就表明，一部文学作品，如果没有翻译的环节，原作作者文化背景之外的读者就无法直接理解这部来自域外作品中的作家意图，因为作家的意图和读者的意图是完全不同的两个概念。译者只有在接受“翻译总是一种创造性的叛逆”的悖论时，翻译过程中的这个备受争议的问题才能得到解决。葛浩文翻译中国文学作品时所持的观点是“作者是为中国人写作，而我是为外国人翻译”。葛浩文在翻译实践中，坚持译者的主体性、作品的可译性、改写及归化与异化等翻译策略。在翻译莫言小说的过程中，这些策略在忠实原作中发挥了关键性的统领作用，同时对译作在英语世界读者的接受中也是至关重要的。

孙宇认为，葛浩文在莫言小说的翻译实践中，除上述策略以外，还采取了“译者显身”的翻译策略。该专著以莫言的《红高粱家族》和《檀香刑》等小说作品的翻译为例，论证了葛浩文翻译莫言小说时在异质文化之间归化与异化、消除误释与误译的具体翻译策略。

孙宇专著的另一大特点是对莫言小说英译本的封面所传递的文化信息进行了研究。小说封面属于作品的平面形象思维范畴，也是英语世界的读者在看到英译本时的第一印象，具有先入为主的异域文化信息传递作用。该专著以《红高粱》《天堂蒜薹之歌》《酒国》《丰乳肥臀》《生死疲劳》《檀香刑》《蛙》等莫言小说英译本的封面设计演进为例，将作者意图与读者意图有机地结合在一起。翻译通常处于文字层面，而孙宇专著中对封面图像的研究方式在文学作品的文化翻译研究领域中，具有学术创新的意义。

孙宇借助葛浩文对莫言小说的翻译实践，论证了全球化语境下中国当代文学作品如何“走出去”，以使其在世界文学的大舞台上形成文化“软实力”作用的运作机制。“真正意义上的文学还是人类的文学，所描写的是人类共同的、普遍性的内容”是莫言本人对文学作品意义极为贴切的阐释。唯有越来越多的中国文学家和中国学者在世界文学界和学术界发出自己的声音，中国文化的“软实力”作用才能真正在世界文学的大舞台上得以实现；而文学的文化翻译研究，将更加有助于中国文学界向世界读者提供中国的文学作品，以期探求中国文化与世界文化的共有价值。

除上面所论及的亮点以外，不可否认，作为一名青年学者，孙宇的这部专著仍存在一些需要提高的地方。例如，该专著研究领域的广度方面并没有问题，但在研究的深度方面，仍需要进一步深化；在论及文学的文化翻译时，各个章节之间的协调性和严谨性还有待进一步提升等。

孙宇原为黑龙江外国语学院的一名青年教师，为了深造而放弃了工作职位，来到吉林大学潜心进行学术研究，随我攻读博士学位。可以说，莫言小说的英译研究，尤其是葛浩文对莫言小说的文化翻译研究，是一个较为难做的选题。孙宇知难而进，在多次与我商讨后，最终确定了这个研究课题。经多方努力，孙宇获得了国家留学基金委的资助，作为中国吉林大学和丹麦哥本哈根大学联合培养的博士生，到丹麦学习。此间，孙宇充分利用这个有利契机，同欧洲的中国文化与中国文学研究的著名专家和学者广泛接触，以笔谈的方式采访了丹麦的中国文学研究专家魏安娜教授，并通过丹麦著名专家和学者的渠道，与美国的莫言小说英译者葛浩文先生取得了联系，为该专著的撰写取得了许多宝贵的第一手资料。

在攻读博士学位期间，孙宇积极参加由我主持的省社会科学基金“莫言研究：域外影响与自主创新”的项目研究工作，并完成专著《全球化语境中的莫言》的资料搜集和撰写工作。此外，孙宇还先后在《社会科学战线》《学习与探索》《中国现代文学研究丛刊》《戏剧艺术》等几家具有影响力的学术期刊上发表了相关研究成果。获得博士学位之后，孙宇又到厦门大学，跟随张龙海教授从事博士后科研工作。由此可见，孙宇是一位上进心极强的青年学者，其不为利所困、孜孜不倦的奋斗精神在青年学者中是难能可贵的。因而本人确信，孙宇专著中存在的问题必定会在今后的持续研究中逐步得到解决。

特做此序，向孙宇祝贺！同时也预祝孙宇在今后的学术道路上再创佳绩！

胡铁生

于吉林大学前进校区

目　录

CONTENTS

引　言

目前，国内学界对当代国际翻译研究中文化转向的代表人物苏珊·巴斯奈特(Susan Bassnett)、安德烈·勒菲弗尔（André Lefevere）和劳伦斯·韦努蒂(Lawrence Venuti)等都有不同程度的研究，但将中国译介学创始人谢天振的理论著作和相关研究成果纳入国际翻译研究文化转向的潮流中，将这四位推动全球翻译研究文化转向领军人物的代表作放在一起进行细读与分析，探寻在全球化进程中翻译研究文化转向所经历的由西向东的发展过程和文化转向为中国传统翻译观带来的冲击，则可以将中国文学外译放在一个更加宏大的范畴中去考量与思索。实际上，绝大多数国外读者与文学评论家由于没有掌握中文，他们对中国文学作品的印象和做出的结论均是基于所读译本，从而可以看出中国文学作为世界文学的一部分，其翻译在阅读与传播过程中的重要性。分析葛浩文的中国文学情结及其对中国现当代文学作品译介与研究的实践，将有助于我们探讨葛浩文在译介过程中对中国当代文学作品选择的倾向性和翻译观，以及他对中国文学翻译做出的贡献和他在翻译莫言小说时所采取的文化翻译策略。

本书以当代国际翻译研究中文化转向由西方向东方的发展为主线，利用文化翻译理论对评价葛浩文中国文学作品英语翻译的标准和机制重新进行考量，通过对读者意识、可接受性、意识形态和诗学的差别、赞助人等因素的分析，探讨中国文学外译的主体应该是中国译者还是主要依靠外语为母语的外国翻译家的问题。在中国文学对外传播的过程中，曾经处于弱势的中国文学在全球化的影响下，影响力正在实现回升，在吸收了西方文化价值体系优势之后，正促成中国文化的新生。为实现本书设定的目标，研究的主要方法有：

第一，跨学科研究的方法。翻译不是简单的文字转换，翻译研究本身就是一种跨文化研究，它涉及比较文学、社会学、海外汉学、传播学、接受美学、文化研究、政治学等相关学科内容。本书将从翻译研究的文化转向出发论证翻译理论的演进对中国文学外译的启示。笔者为此该选题研究做了大量的调研工作，以比较文学视域下文化翻译或称为翻译研究的文化转向为背景，考证翻译研究文化转向的必然性；以时间为顺序考察文化学派代表人物的理论著作和思想演变，把握文化翻译研究的发展脉络，及其在全球化时代对中国文学外译的意义。同时，运用社会学的研究方法对一些海外汉学家和翻译家发出调查问卷和采访邀请，以获得海外汉学研究中对莫言小说译介与接受等方面的资料。从传播学角度对全部莫言小说葛浩文英译本的封面内涵进行比较分析，考察制约翻译的外部因素在对外传播方面的影响。对海外汉学的研究现状进行考察有助于梳理海外汉学家对莫言作品所发表的观点，从而将研究重点由一些海外汉学家在政治层面从作品外部对莫言小说所进行的解读转到从作品内部对文学性的深层解读上，这就需要运用接受美学和文化研究等方法。

第二，文本细读的方法。本书在文本细读的基础上试图找出在文化翻译观的影响下，中国翻译研究者对葛浩文译作的评价所发生的变化和体现葛浩文翻译观的细节，对比分析莫言小说葛浩文英译本封面所体现的文化翻译观，考察莫言小说在域外出版时受到的来自文学系统外部的因素对翻译的操控。力图通过译作的个案研究，让事实说话，尽量避免假、大、空的论证方式。在研究中以辩证的思维看待葛浩文英译莫言作品对世界文学所产生的影响，以此来准确地把握外国翻译家在对中国文学的选择和译介中对国外读者的导向性指引，以及这种导向背后的深刻含义和现实意义。

第三，影响研究的方法。调研莫言作品在域外的译介与接受情况，以媒介学的角度考证莫言作品在域外传播的各个方面，如译作是直接由中文版本译出还是由英译本转译、译者的翻译水平和出版社的干预等。受政治、经济和意识形态的影响，西方强势文化对中国传统文化进行全面辐射之后，在翻译的助力下中国文化又开始以全新的姿态对全球文化重新进行定位。莫言也是在域外文学的影响下，再继承中国文学传统之后，又反过来对世界文学产生影响，这种双线的影响研究也是本书的一个创新点。

在两个国家或民族文学发生相互关系时，从“放送者”到“接受者”，往往由一个“媒介者”来进行沟通。“媒介者”把一个民族的文学传播到另一个民族，使文学的流传和影响得以实现。葛浩文作为翻译家就起到了这个媒介的作用，因而他所翻译的译作也是非常重要的媒介。当译作进入一个新的语言环境，在接受过程中就必然会增加新的因素。同时，译者对原作的理解和译者的个人风格等因素在翻译过程中也是不可避免的，因而翻译在一定意义上具有创造性，是一种再创造的艺术。也正是如此，翻译所产生的影响才有意义和价值。

在国内翻译界，传统翻译观与文化转向视域下的翻译研究之间一直存在争议与矛盾。“忠实”与否很长一段时间以来都是翻译界判断一部译作成功与否的主要标准。在这种标准下，以杨宪益与戴乃迭合作

翻译的 *The Dream of the Red Mansion*（《红楼梦》）为代表的忠实于我国文化背景的外译作品，在国内的高度评价与在国外的低接受度形成鲜明对比。不正视我们所处时代动态变化的需求，不接受新的理论观念而故步自封，则无法解释在全球化背景下层出不穷的各种翻译现象，也无法使我国的优秀文学作品加入世界文学的洪流之中。

莫言获得诺贝尔文学奖显示出在向世界传播中国文学的过程中，翻译的重要性，同时，它也为中国文学翻译未来的发展空间带来契机。莫言作品的翻译均由外国译者自发完成，这进一步说明若想提高中国当代文学在世界文坛的影响力，国内翻译界与其拘泥于是否以“忠实”为评判标准，尚不如探讨出一个积极可行的译介模式来指导今后的翻译实践。中华人民共和国成立以来，翻译的重要性虽一直被我国官方所重视，但是在传统翻译观指导下，继我国政府花费大量人力物力组织国内外译者编译了《熊猫丛书》、开办了《中国文学》期刊并编写了英文版《大中华文库》的一系列努力之后，仍收效甚微。这其中有官方介入传播的问题，也有我国译者缺乏读者意识，译作不符合译入语习惯的问题。囿于意识形态和文化的差异所产生的理解困难，中国当代文学若想被世界读者真正理解、承认并接受，采取异质文化读者可以接受的翻译观和翻译实践才是解决问题的关键，也只有这样才能够厘清中国文学到底应该如何走出去，以及中国文学翻译的未来发展问题。葛浩文对莫言小说在英语世界的译介实践表明，传统翻译理论的颠覆，顺应国际翻译研究的文化转向，可以进一步发挥翻译家的主观能动性，进而通过中介的力量，加速世界各民族之间的文学和文化交流，让世界各个民族共享人类共有的精神财富。因而，翻译家在人文思想的传播进程中，具有极其重要的媒介和意识形态作用。

21 世纪，在中国综合国力持续增强、经济实力和国际影响力稳步提升的时代背景下，提高国家文化软实力，使中国文学和文化“走出去”已成为当务之急。从 1987 年至今，莫言作品已经被翻译成多种语言，莫言在国内外已被多次授予各种奖项，其作品对于世界文学的现实意义已经被证实。因此，在文化转向视域下分析中国当代文学首席翻译家葛浩文的翻译观及其英译莫言小说的翻译策略，对探讨中国当代文学外译的模式和中国文学翻译的未来发展空间具有强烈的时代紧迫性与现实意义。

近年来，国内外对文化翻译的研究方兴未艾，对单独某个文化派代表人物的理论著作阐释已经有了一些研究成果，然而这些成果一般都是将翻译研究的“文化转向”局限在西方本土语境中进行阐发。从全球化视域，在宏观层面探讨国际翻译研究中“文化转向”由西至东发展的系统研究成果并不多见，在这一领域仍存在研究深度和广度不够的问题。实际上，中国当代翻译研究中的“文化转向”是社会与历史发展的必然。本书以国际翻译研究“文化转向”由西至东的发展历程在空间与时间上的节点为一条线索，以莫言通过阅读翻译文本接受西方文学影响进行创作，又转而通过翻译在世界文坛产生影响为另一条线索，从两方面展开叙述。在这样两条线索的交错中，21 世纪中国文学和文化“走出去”必然成为一种历史趋势。

另外，本书从传播学角度对全部莫言小说葛浩文英译本 15 个封面图进行搜集，运用文化翻译理论对这些封面的内涵进行比较分析与研究。最初国外出版机构对于葛浩文英译本的封面设计，曾经使用刺激西方读者“东方主义”想象的血腥暴力和裸体美女的低级配图。进入 21 世纪后，随着国外出版机构和西方读者对莫言作品以及中国当代社会的深入了解，他们对封面设计有了更高的要求，与主题相呼应的、注重中国传统文化内涵、富有中国底蕴的高雅设计有所增多。这些封面设计均体现出文化翻译理论对制约翻译活动的外部因素所进行的细致考察，以及这些外部因素在中国文学对外传播过程中所产生的影响。运用文化翻译理论对莫言小说葛浩文英译本封面内涵进行比较分析和文本外延研究，目前在国内学术专著中尚属首例。

最后，本书梳理了中国文学外译初期阶段的以政府为主导所采取的各种鼓励外国翻译家的措施，通过全面搜集和整理我国目前已经设置的各种翻译奖项，已经建立的促进中国作家、学者与外国翻译家交流的平台和针对外国翻译家所开展的培训等，论证在“中国热”“汉语热”的潮流中，中国文学即将迎来各国主动培养中文翻译家，争相翻译中国文学的前景。从中文直接翻译中国文学作品的趋势将会取代由其他语言版本转译的情况，异化策略将成为主流，国际翻译界评价中国文学外文译作的标准也将进一步发生变化。从翻译研究外部，全面分析中国官方和学术界在中国文学外译方面所做出的努力和采取的措施对中国文学“走出去”所产生的影响，将为中国文学外译的未来发展指明方向。

第一章　文化翻译与中国文学

自1840年的鸦片战争以后，中国开始沦为半殖民半封建社会，被迫向西方打开了大门，各种西方文化思想源源不断地涌入中国。继两次鸦片战争均以失败告终之后，在1861年以“师夷制夷、中体西用”为口号的洋务运动中，中国迎来了近代翻译史上的一次高潮。在清末启蒙思想家魏源的名言“师夷长技以制夷”中，向西方学习是为了掌握西方先进的科学技术以打败西方侵略者。可以看出，在晚清时期，国人还是认为西方的科学技术和学术思想虽有可取之处，但还是远远不及拥有五千年历史的中国文化优越。在晚清四大名臣之一张之洞所提出的“中学为体、西学为用”中，“夷学”变成了“西学”。当时越来越多的知识分子和官员都开始意识到西学的重要性。1919年“五四运动”使中国经历了政治、社会、文化和文学上的巨大变革。中国人的思想和社会面貌均发生了巨大的变化，有识之士们尝试通过引进西学来传播一些域外的先进技术和思想观念。在这一时期，一大批翻译家以翻译西方作品来达到开启民智、推动社会进步的目的，翻译对近代中国的社会变革和进步起到了举足轻重的作用，有学者甚至提出“一个国家的文化史就是翻译史”①的断言。

---

① 蔡新乐:《文化史就是翻译史——陈寅恪的历史发现与其翻译观初探》，载《外语与外语教学》，2006年第10期，第53页。

中华人民共和国成立后，曾于 1951 年由官方主导创刊的《中国文学》英文期刊在翻译发表了大量中国文学译作后于 2001 年停刊；1995 年国家立项的《大中华文库》中 100 部经典著作的英译在国外也遭受冷遇。中国文学外译的种种实践表明中国政府希望世界了解中国，并且中国文学能在世界文学中得到传承和发展，但由中国译者译出的作品在国外并没有取得良好的接受效果。这给中国翻译研究者提出了一个至关重要的问题，那就是：谁应该是中国文学外译的主体？在中国处于弱势时期，翻译家对西方作品的翻译经历了从编译、改译、节译再到追求相对忠实的翻译过程。现阶段，对中国文学外译的评价仍然沿用多年所形成的外译中评价标准是否可行？在西方翻译研究的“文化转向”影响下，中国的翻译研究有了怎样的发展？在改革开放后，中国经济迅速崛起，“西学东渐”有逐渐发展为“中学西渐”的趋势。莫言于 2012 年获得诺贝尔文学奖，不仅给近年来中国学术界提出的中国文学“走出去”带来了启示，同时也给中国翻译研究的现代化发展带来了契机。莫言小说各个语种的翻译版本在文学界受到了前所未有的重视。其中，莫言小说的英语译本在世界文坛影响最大，很多其他语言的版本均是由英语译本转译的。那么，莫言小说在世界范围内的译介与接受情况究竟是怎样的？事实上，其英语译者美国翻译家葛浩文（Howard Goldblatt）不仅对莫言作品极为推崇，而且还向瑞典诺贝尔文学奖评委员会写信推荐了莫言，可以说，莫言获奖离不开葛浩文持续多年对莫言小说的翻译与推介。那么，葛浩文多年来从事中国文学翻译工作所秉持的翻译观是什么？他在翻译莫言小说时都采取了哪些策略？其翻译实践表明，绝对忠实于原文的翻译并不一定会得到译入语读者的广泛接受。那么，什么样的译作才能符合译入语读者的阅读习惯和审美嗜好，怎样翻译或者说什么样的翻译模式才能够使译作真正在译入语国家产生影响，达到真正意义上的“走出去”？进入21世纪，中国在世界上的影响力与日俱增，在提高国家软实力的背景下，翻译界应该采取哪些积极有效的措施来促进中国文学翻译？这些问题决定了在文化转向视域下，对葛浩文英译莫言小说进行研究的必要性。

第一节　研究缘起

国内持传统观念的翻译界与比较文学视域下新兴的译介学在观念上之所以存在很大差异，与西方翻译研究中的“文化转向”（Cultural Turn）在中国的接受与发展的程度密不可分。西方翻译研究的文化学派提出从文化层面进行翻译研究，即“文化翻译观”[①]，并不是指对于文化的翻译，而是指从语言层面进行文字转换的外部对翻译活动和各种翻译现象的跨文化研究。

在葛浩文翻译的莫言小说顺利进入世界文学领域并使中国文学成功“走出去”的过程中，中国翻译界的学者也意识到译作只有符合目标语国家的语言、文化和读者的欣赏标准，源语国家的文学作品才能够真正融入目标语国家，进而丰富目标语国家的文学宝库。这就涉及在评价文学翻译过程中对文化翻译观的引进和在“文化转向”视域下

---

①　参见王宁:《翻译研究的文化转向》，清华大学出版社2009年版，第3页。王宁指出:“研究翻译理论的学者往往称从文化角度来考察翻译的研究者群体为翻译研究的‘文化学派’。其实，这并不是一个学派，至少不能算是一个有着严密组织和共同纲领的学派，而是一种发展的趋向或潮流。”鉴于翻译研究文化学派不同学者的观点并没有在整体上建构起系统的理论体系，因此，在本研究中笔者将翻译研究文化学派不同学者的观点统称为“文化翻译观”。

对翻译文学的界定。

一、文化翻译与文学翻译

一般来说，字面翻译对忠实地翻译科技文献是非常必要的，特别是在当今时代，人们通过计算机上的翻译软件就可以做到这一点。但对于文学翻译而言，简单的字面翻译很难表现出隐藏在文本字里行间和文字之外的文化内涵。

以色列新锐历史学家尤瓦尔·赫拉利（Yuval Noah Harari）在其全球瞩目的著作《人类简史：从动物到上帝》（*Sapiens: A Brief History of Humankind*，2012）中提到文化是一个大概念，在人类进入农业社会之后，人们便以种族为单位，以特定的方式思考，以特定的标准行事，也遵守特定的规则，逐渐形成了文化。[①] 文化是包括人在内的天地万物的融汇渗透现象，是某一社会形态中经人们长期共同创造形成的产物，是一种历史现象，即人类社会历史发展中形成的积淀，包括物质和精神两个层面。就精神层面而言，文化是能够被一个民族或国家在时间与空间交织中传承下来的风土人情和言说方式、传统习俗和生活习惯、思维方式和行为规范、文学艺术和价值观念等方面内容的总和，也是人类各群体之间可进行交流的、普遍认可的、能够世代相传和相互影响的意识形态。从系统论的角度来看，一个民族或国家的文学体现着该国人民的精神文化内涵。因此，作家创作出来的作品应该具备上述提及的文化所包含的方方面面的内容。读者在接受域外文本之前就已在内心世界中形成了自身所处文化的审美方式和阅读偏好，与域外作

① ［以色列］尤瓦尔·赫拉利：《人类简史：从动物到上帝》，林俊宏译，中信出版社 2017 年版，第 78 页。

品产生共鸣需要一个过程。因而，从文化的角度进行翻译研究的重要性不言而喻。

迄今为止，国际学术界多位著名学者都对文化翻译（cultural translation）的阐释做出了贡献，除上文提到的英国学者苏珊·巴斯内特、比利时裔美国学者安德烈·勒弗菲尔和意大利裔美国学者劳伦斯·韦努蒂，还有法国著名理论家雅克·德里达（Jacques Derrida）、丹麦学者凯·道勒拉普（Cay Dollerup）、美国学者希利斯·米勒 (J.Hillis Miller)、美国印度裔学者佳亚特里·斯皮瓦克 (Gayati Spivak) 和霍米·巴巴 (Homi K. Bhabha)、美国华裔学者欧阳祯 (Eugene Chen Eoyang)、中国学者王宁等，均对文化翻译进行了多种阐释，丰富了其内涵。美国后殖民主义批评家霍米·巴巴从后殖民主义视角，把文化翻译当做一种话语理论，该理论解构了全球化时代文化霸权的地位，同时也解构了文字翻译在翻译研究领域的主导性地位，从文化层面为民族文化身份研究提供了新的出口。他提出的“第三空间”理论和“混杂性”扩展了文化翻译理论的研究空间。翻译在巴巴定义的这个“第三空间”里将各种不同语言的异质性因素进行转换，权威性在这个空间内被瓦解，新的意义在这个抽象空间里得以生成。

相比于文化翻译的理论属性，文学翻译（literary translation）则属于艺术范畴，与其他学科著作的不同之处体现在翻译过程中对原作信息的处理方式和原则。非艺术范畴的译作（如科技翻译）把其中包含的信息正确、忠实地传达出来就达到了目的，而在进行文学翻译时，译者却需要调动自身的思想深度、生活阅历和对生命的感悟，并在此基础上对原作进行挖掘。文学翻译家如果只对原作的信息进行一般的传递，而不进行艺术再创作的话，译作在目的语国家则不可能具有吸引力。

葛浩文的译作与莫言小说原作之间的关系证明了翻译对于塑造文学经典的关键作用。近年来随着文化研究的逐步深入，越来越多的翻译学研究者们意识到应该在一个更加广阔的文化语境下进行翻译研究，因为翻译与文化有着千丝万缕的联系，任何一种翻译行为都至少跨越两种或两种以上的文化。文化翻译之于文学翻译的贡献便是其能将文学作品中字里行间的文化意蕴挖掘出来。在20世纪，通过翻译，中国引进了大量的西方文学作品和学术思想，加速了中国文化的现代性进程。但在21世纪，随着中国的崛起，翻译的重点已由外译中转为中译外，那么博大精深的中国文学该由谁译、怎样译的问题就成为我们当下需要讨论的重要议题。

莫言的小说属于文学作品，而非自然科学研究成果的专著，因此，在很大程度上具有中国文化符号的意义，将莫言的小说翻译成外文的过程，实质上是将中国文化向外界传递的过程。文学译介之所以能够进行文化传递主要是由文学本身的文化特征所决定的。人类从自然存在向社会存在转化的过程中，形成了各种复杂的人际关系，而文学恰恰探讨的是个体在不同文化的社会群体中的生存状态。因而，文学文本翻译就已不再仅仅是将一种语言简单地转换为另一种语言的过程，而是不同文化信息之间的传递。莫言小说英译本中，可以看出葛浩文针对中国当代文学作品所采取的翻译方法呈现多样性，并没有局限于传统翻译技巧所采取的顺译、倒译、转译、分译、合译、省译、惯译等不同方法①，因此莫言小说英译正为译介学所关注的译出语与目的语之间信息的失落、变形、增添、扩伸等问题提供了极好的研究范例。实际上，译介学在严格意义上被认为是进行文学研究或文化研究的一门

① 胡铁生、李允成主编:《英语被动语态的汉译技巧》，成都科技大学出版社1995年版，第1—88页。

学问。[①] 在全球化进程中，译介学借鉴当代西方翻译理论，实现了中国翻译学的文化转向，同时也为中国当代文学翻译带来启示。

拥有 5000 多年历史的中国，一直都是文化大国，中华文化历史悠久，将中国文化传播到世界各国的主要途径就是翻译，尤其是文学翻译。“中国文化梦”[②] 的实现需要文学翻译工作者不但要把优秀的外国文学作品译成中文，而且要把我国的优秀文学作品译成外文，从而使中国文化在世界文化之林中闪耀光彩。因而，对于文化强国和提高文化软实力而言，翻译有着不容小觑的作用。

二、文学翻译与翻译文学

当代国际翻译界经历了从翻译实践的积累到翻译理论的构建，再到翻译学作为一门独立学科地位的确立过程，这也是中国翻译研究的发展之路。翻译文学（translated literature）作为一种特殊的文学形式，从字面来看，意指“译自外文的各种文学作品”。它在文学史上的地位和归属问题长期以来一直被传统翻译研究者忽视。不仅如此，人们对翻译文学的概念一直有一种模糊的认识，这种认识的深层原因在于，人们没有意识到翻译文学作为一个相对独立的文学现象的存在，因而把翻译文学的性质仍然定位在外国文学层面上。很多国家的文学史里都没有指明翻译文学的位置，这样“翻译文学就成了一个无家可归的‘弃儿’”[③]。那么，文学翻译和翻译文学是同一概念的两种不同说法吗？实际上，文学翻译是针对文学作品的翻译，翻译文学则是文学翻译所产生

---

① 谢天振：《译介学》，上海外语教育出版社 1999 年版，第 1 页。

② 许渊冲：《文学翻译与中国文化梦》，载《中国外语》，2014 年第 5 期，第 11 页。

③ 谢天振：《为“弃儿”寻找归宿——翻译在中国现代文学史上的地位》，见谢天振：《比较文学与翻译研究》，复旦大学出版社 2011 年版，第 122 页。

的结果，对其进行的研究更加侧重于译作在译入语国家所产生的影响和在文学史中的地位。因此，我们不能把翻译文学简单地等同于外国文学。如果想厘清翻译文学与民族（国别）文学、外国文学、世界文学、比较文学之间的关系，人们就需要对文化翻译理论有基本的了解。文化转向视域下的翻译研究将会赋予翻译文学真正的学术研究价值，可以帮助人们重新认识作为翻译主体而被忽视的文学翻译家的价值。

实际上，文学翻译也是一种文学再创作形式，而且，一部文学作品也可以由多种不同形式来体现，例如，莫言创作了小说形式的《红高粱家族》，但导演张艺谋、郑晓龙将其搬上银幕、荧屏，又分别赋予了它电影、电视剧的形式。该作品经葛浩文翻译成英文，它不但具有了英文的表现形式，还拥有了一大批英语读者。正如德国翻译家、思想家瓦尔特·本雅明（Walter Benjamin）在其著名的文章《译者的任务》（"The Task of the Translator",1923）中所说，"译作是原作生命的延续"[①]。在历史长河中，各国文学作品正是通过翻译才得以永久流传。圣经故事、古希腊罗马神话无不是如此，非通用语国家的文学作品，如安徒生童话更是如此，甚至中国古代经典作品若想为当代中国人理解也需要被翻译成白话文。既然如此，那些以译作形式存在的文学作品，即翻译文学的国别归属问题就非常值得深思。翻译文学究竟属于本国文学还是外国文学？中国译者用中文翻译的外国文学作品是否属于中国文学的一部分？葛浩文用英语翻译的中国文学能否进入美国文学的范畴？这些问题仍然等待着翻译研究者的深入认识与思考。

对于传统的文学研究者而言，文学作品的国籍归属与作家的国籍归属是一致的，并认为是理所应当的。而翻译文学的国家归属问题则

① Walter Benjamin, "The Task of the Translator", H. Zohn (trans.), in Lawrence Venuti (ed.), *The Translation Studies Reader*, London: Routledge, 2000, pp.15–25.

比较复杂，再以葛浩文翻译的英文版《红高粱家族》为例，人们往往会认为它的作者就是中国作家莫言，如若这样，译者的存在便被忽视了，因为莫言是不会用英文写作的。英文版 *Red Sorghum* 实际上是翻译家葛浩文在莫言原作的基础上再创造出来的作品。如果以翻译家的国籍来确定翻译文学的归属的话，杨宪益、戴乃迭夫妇英译的《红楼梦》（*The Dream of the Red Mansion*）就应该归为中国文学，而大卫·霍克斯（David Hawkes）的《红楼梦》（*The Story of the Stone*）译本则应归为英国文学。因此，在文化翻译观视域下，翻译文学作品的作者实际上应该是翻译家，而翻译文学作品的国籍也应该与翻译家的国籍保持一致，这样翻译文学便成了国别文学中一个相对独立的、特殊的组成部分。这样的归属能够使翻译研究者跳出传统翻译研究的局限，即在文本内进行的语言文字转换，从而走进一个更加广阔的文化视域，与翻译研究中的文化转向进行接轨，进而拓展学术研究的空间。随着这种转变，翻译研究者的学术视野得以拓宽，可以从多角度探寻翻译的外部因素。

当今，世界各个民族或国家都已经注意到借助文学的窗口，通过文学的输入和输出渠道来增进相互了解与沟通。全世界中文的使用者约有 14 亿，英文的使用者约有 8 亿，中文和英文这两种世界上使用人数最多的语言之间的互译已经成为当今世界上最为重要的语际翻译。由于近几个世纪以来，英国和美国在世界各地区的殖民和霸权，英语普及的地域很广，在全球普及率也很高，因而英语国家的民族价值观被世界其他各个民族和国家所广泛了解。英语世界中重要的文学作品和文学批评理论已经几乎毫无遗漏地被中国译者翻译成中文，然而，中国文学作品被译成外语的则少之又少，况且中国当代文学批评理论长期以来处于失语状态，外译的数量更是微乎其微，更莫论在国外产生影响。据统计，目前在中国有4亿多人在学英语，约占全国总人口的1/3，但学习效果却令人大为失望。根据全球知名教育集团发布的数据，世界上首份《英语熟练度指标报告》中显示，中国人全年一共要花费300亿元人民币用来学习英语，参加各种昂贵的英语培训。由此形成的庞大产业使英语国家获利不菲，然而中国人的学习效果却并不乐观：在44个非英语国家及地区中，中国人的英语熟练度与其学习热情完全不成正比，排在第29位，在亚洲区域的排名出人意料地排在倒数第二，仅高于泰国。[①]在这种情况下，中国文学作品译介的重任该由谁来承担？如果中国文学作品能够被成功地译介成世界各国的语言，是否也会成为融入世界各国文学的特殊组成部分，它在世界范围内进行文化传播的作用又会如何？如果中国翻译研究不实现现代化转向，那么这一切都无从谈起。在这种形势下，如何使中国文学作品得到广泛翻译并能够融入译入语国家的文学之中产生积极的影响就显得极为重要，这也是本选题研究的核心问题。

第二节　文献综述

本书以翻译研究中“文化转向”从西方到东方的发展过程为一条线索；另一条线索是从莫言借鉴西方创作元素，接受西方文学思潮影响后，结合中国本土元素，讲述中国故事，又通过翻译在世界各国得到广泛传播，使中国文学“走出去”，并进入世界文学领域。因此，本书

① 赵喜斌：《统计称中国4亿人学英语　熟练度亚洲倒数第二》，http://edu.qq.com/a/20140717/006973.htm（访问时间：2014年7月17日）。

从文化翻译、莫言小说域外译介、葛浩文英文译作研究三个主要方面进行文献搜集，并进行梳理，这也是本书展开研究的基本思路。

一、文化翻译国内外研究现状

文化翻译在20世纪80年代起源于西方，中国翻译界在受到影响之后以译介学的建立为标志，其研究也开始了“文化转向”。故对于文化翻译的研究现状，应先从国外谈起。

（一）文化翻译国外研究

法国解构主义理论家雅克·德里达曾在1998年提出在文化层面上“确当的翻译”（relevant translation）这一概念。在德里达对翻译的解构式研究影响下，美籍印度裔后殖民主义理论家佳亚特里·斯皮瓦克在她翻译的德里达《论文字学》（*Of Grammatology*）一书撰写的“译者前言”（“Translator’s Preface”）中开辟了一种从后结构主义的视角来翻译和阐释理论著作的新方法，进一步奠定了文化翻译观的理论基础。另一位美籍印度裔后殖民理论家霍米·巴巴在其著作《文化的定位》（*The Location of Culture*）一书中指出，翻译尤其是文学翻译的一个重要作用就在于对文化进行重新定位。他的“第三空间”和“混杂”理论也对阐释文化翻译做出了贡献。

另外，早在20世纪50年代，美国著名人类学家卡撒格兰德（Joseph B. Casagrand）就在《美国语言学国际期刊》（*International Journal of American Linguistics*）上发表的《翻译的终结》（“The Ends of Translation”）（1954）一文中提出：“译者事实上不是在翻译语言，而是在翻译文化。”[①] 在当前国际学术界，文化转向视域下进行翻译研究已经成为一个前沿课题。美籍德裔比较文学学者和翻译学家埃德温·根茨勒（Edwin Gentzler）在他的《当代翻译理论》（*Contemporary Translation Theories*）（1993）中对当今各种各样的翻译理论进行了极具批判性的梳理，详述了发端于20世纪60年代中期的主要翻译流派，并对巴斯奈特的翻译思想有所涉及。这些理论和流派有各自的优势与弱势，之间有着千丝万缕的联系，至今仍影响深远。根茨勒尤其对翻译研究中的跨文化本质有着深刻独到的见解。他在另一部著作《美洲的翻译与身份认同：翻译理论的新方向》（*Translation and Identity in the Americas: New Directions in Translation Theory*）（2008）中探讨了美洲语境下翻译在文化身份的构建及认同中发挥的重要作用。根茨勒颇为多产，他与另一位美国比较文学学者玛丽亚·提莫志克（Maria Tymoczko）合作编辑了《翻译与权力》（*Translation and Power*）（2002）一书；还同苏珊·巴斯奈特一起用六年时间编著了一套多语种翻译问题研究的系列丛书（*Topics in Translation*）（2009），其中的一本《翻译中国》（*Translating China*）专门探讨了中国的翻译问题。

美国著名文学批评家、欧美文学及比较文学研究的杰出学者、解构主义耶鲁批评派的重要代表人物希利斯·米勒在文化翻译方面也著述颇丰。在他的《新起点：文学与批评的表现行为地形学》（*New Starts: Performative Topographies in Literature and Criticism*）（1993）中指出即使一个国家或文化的读者基于良好的外语熟练度去阅读来自于另一个国家的作品原文，读者对作品的理解仍然是一个“翻译”的过程。另外，把语料库方法引入翻译研究的英籍埃及裔翻译学家蒙纳·贝克（Mona

---

① J. B. Casagrand, “The Ends of Translation”, *International Journal of American Linguistics*, 1954, Vol.4, p.338.

Baker）在其著作《翻译与冲突：叙事性阐释》（*Translation and Conflict: a Narrative Account*）中认为翻译的本质是再叙事，从而将叙事理论引入翻译研究，拓展了翻译研究的空间，她着重阐释翻译在国际政治冲突中所扮演的角色，并进行了理论分析，为人们利用翻译协调和消除国际政治冲突探寻出一条有效的途径。她主编的《劳特利奇翻译研究百科全书》（*Routledge Encyclopedia of Translation Studies*）（2008）也对文化翻译进行了详细的介绍。

丹麦学者凯·道勒拉普以及由他创立的刊物《视角：翻译学研究》（*Perspectives:Studies in Translatology*）自20世纪90年代初以来一直致力于推进翻译这门学科的进展，这也是目前国际翻译研究刊物中唯一一家以“翻译学”冠名的刊物。道勒拉普也是极少数对中国的翻译研究感兴趣的国际刊物主编之一。该刊物所发表的中国学者的论文最多，因而对中国翻译研究和翻译学的发展、成熟并走向世界做出了特殊的贡献。丹麦哥本哈根大学跨文化与区域研究系英籍跨文化研究学者、中国文学专家丹尼斯·金普尔（Denise Gimpel）多年以来从事文化翻译的研究，并在中国国内重要期刊上发表了多篇文章，如《改变如何发生？——一种不同的文化研究方法的建议》（《社会科学辑刊》2014年第6期）、《跨文化交流和翻译研究——论将一国的过去经验转换到另一国的将来语境的困境》（《黑龙江社会科学》2016年第3期），不仅带动了中国学者对文化翻译的关注，也促进了文化翻译在现实跨文化语境中的应用。

美籍华裔学者欧阳祯在其著作《透明的眼睛：翻译、中国文学和诗学的反思》（*The Transparent Eye: Reflections on Translation, Chinese Literature and Poetics*）（1993）中探讨了许多关于世界文学的潜在范例和假设，强调了文化交流和文化霸权的问题，指出翻译在理解文学作品含义中的中心作用。除此之外，还有很多国际学者都对翻译研究的文化转向做了大量研究，他们对文化翻译理论的独到见解使中国学者深受启发。然而，针对文化翻译理论的架构问题，国内外学者也存在很大争议。国外学者争议的焦点主要在苏珊·巴斯奈特的“比较文学已死”的口号和对她的文化翻译观并没有形成完备的理论体系的批判。

（二）国内研究现状

国内对文化翻译的研究起步较晚，1984 年王佐良先生发表在《中国翻译》上的一篇题为《翻译中的文化比较》的论文开创了中国当代文化与翻译研究的先河。另有刘山于 1982 年发表在《外国语》上的一篇题为《翻译与文化》的文章也探讨了翻译与文化的关系，但影响甚微。虽然早在 20 世纪 80 年代，文化翻译观就已经进入了国外翻译研究领域，但国内对文化翻译研究的真正有大量成果的开端却是在 1999 年《译介学》出版后的 21 世纪初。

根据中国知网博士和硕士学位论文数据库的资料统计，2005—2016 年，在各大院校以文化翻译为研究方向的博士论文有 11 篇，分别为：胡德香的《中西比较语境下的文化翻译批评理论》（华东师范大学，2005）；陶丽霞的《文化观与翻译观——鲁迅、林语堂文化翻译对比研究》（上海外国语大学，2007）；任一鸣《蒋彝作品研究——文化翻译批评视角》（复旦大学，2007）；迟庆立的《文化翻译策略的多样性与多译本互补研究——以〈红楼梦〉与〈聊斋志异〉英译本为例》（上海外国语大学，2007）；蔡平的《文化翻译研究》（湖南师范大学，2008）；罗承丽的《操纵与构建：苏珊·巴斯奈特“文化翻译”思想研究》（北京语言大学，2009）；刘伟《文化翻译视野下的“少数民族文学”》（南开大学，2010）；高玉兰的《解构主义视阈下的文化翻译研究——以〈红楼梦〉英译本为例》(上海外国语大学，2010);彭爱民的《忠实于源语文化——〈红楼梦〉文化翻译研究》(上海外国语大学，2011);杜涛的《"此"与"彼":后殖民视阈下的流散美国华人文学文化翻译研究》(上海外国语大学，2012);李颖的《芬兰的中国文化翻译》(北京外国语大学，2013)。以"文化转向"为关键词在中国知网进行博士论文搜索的结果是三篇:陈玉林的《技术史研究的"文化转向"》(东北大学，2007);叶健的《中国重彩画的当代文化转向》(中国艺术研究院，2009)和高雪洁的《当代美学理论的文化转向》(黑龙江大学，2015)。这三篇论文分别论述了技术史、绘画和美学方面的"文化转向"，与翻译并无太大关联。

从总体上来看，2005年以来国内关于文化翻译的博士学位论文虽已显示出对该领域深入系统的研究，论文选题不再局限于对单个翻译理论家作品的解析，研究视角也日趋多元化，涵盖了多元系统理论、结构主义、解构主义理论、阐释学理论、后殖民理论等批评理论，从经典文学、少数族裔和华人文学的视角进行研究，文化翻译研究也因此展示出非常广阔的发展空间，但与在文化翻译视域下研究葛浩文英译莫言小说对中国文学翻译未来发展空间所带来的启示相关的博士学位论文还没有出现。在这11篇以文化翻译为题的博士学位论文中，胡德香的论文《中西比较语境下的文化翻译批评理论》写作较早，文中她首先列举了中西翻译史上有影响的理论家的翻译思想，以此讨论了中西翻译标准的异同。中国翻译标准的局限带来的问题是基本概念混淆、标准单一和研究视野狭窄。在这一点上，西方翻译标准表现出多样化的途径，且有着更系统更科学的分析。在比较了中西翻译批评在理论和实践上的区别之后，作者提出构建文化翻译批评的模式作为翻译学科有机组成部分的新批评理念，并对《简·爱》两种译本进行了文化批评案例研究，指出两种译本的语言与文化分析表明传统的单向批评不能完全反映译本的价值。罗承丽的《操纵与构建：苏珊·巴斯奈特“文化翻译”思想研究》梳理了巴斯奈特的理论文献，通过文本细读掌握巴斯奈特翻译思想的整体构架及核心部分，然后将之放入中国语境下进行分析，她也指出了巴斯奈特翻译研究的不足，并对翻译研究的范式更替进行了总结。

以文化翻译和文化转向为研究方向的硕士论文则有400余篇，国内重要的期刊杂志刊登文化翻译研究方面的文章则有数百篇。在文化翻译研究初期，国内相关的学术论文主要是对当代英国著名比较文学学者苏珊·巴斯内特、比利时裔美籍比较文学学者安德烈·勒菲弗尔和当代美国翻译理论家劳伦斯·韦努蒂等人及其作品的分析，研究视角也仅限于对这些文化学派的代表人物所发表的文章或专著的文本内容的理论分析。21世纪以来，伴随着国内比较文学领域研究方法的多样化发展，对文化翻译的研究也呈现出多元化的特征，如基于全球化、比较文学的未来发展和中国文学走出去等方面所进行的研究逐渐增多。

近年来，国内重要学术期刊上也不断出现文化翻译研究方面的文章，如谢天振教授在《启迪与冲击——论翻译研究的最新进展与比较文学的学科困惑》(《中国比较文学》1997年第1期）一文中阐述了翻译研究文化转向对比较文学研究的启发意义；许钧教授的《翻译研究与翻译文化观》(《南京大学学报》2002年第3期）以国外近50年来翻译研究为背景，详述了国内近30年翻译研究的发展，对目前我国翻译界所面临的重技轻道、重语言轻文化和重微观轻宏观等值得反思的问题以及翻译语言学途径的不足与局限进行了阐述；另外，还有孙会军与郑庆珠的《翻译与文化的“杂合”》(《外语教学与研究》2003年第4期）

指出翻译是异质文化之间进行交流的媒介，也是不同文化发生“杂合”的见证，“杂合”在后殖民语境下是弱势文化由弱变强的必经之路 。段峰的《跨学科视域下“文化翻译”评析》(《重庆大学学报》2014 年第 3 期）指出翻译在跨文化交流中能够对文化起到重新塑造的作用；杨仕章的《文化翻译学界说》(《外语教学理论与实践》2016 年第 1 期）阐述了文化翻译理论的研究内容、学科地位与学科性质，并对“文化翻译学”概念做出界定，进而为文化翻译学的学科建构确立了原点。也有一些文章对文化翻译研究，即巴斯奈特提出的翻译研究中的“文化转向”提出质疑，持谨慎甚至否定的态度，如曾文雄的《“文化转向”核心问题与出路》(《外语学刊》2006 年第 2 期）指出“文化转向”试图颠覆翻译学的本体论研究，不但夸大了文化因素在翻译过程中的作用，而且缺乏理论基础。

其中有一部分文章是对文化翻译与中国文学走出去之间关系的深入解析，如胡安江的《中国文学“走出去”之译者模式及翻译策略研究——以美国汉学家葛浩文为例》(《中国翻译》2010 年第 6 期）分析了近半个世纪中国文学在海外传播的艰难历程及接受程度，指出翻译决策者经常疏于重点考虑的两大议题，即译者模式的遴选原则以及翻译策略的理性选择，提出汉学家译者模式以及归化式翻译策略应该成为目前翻译界在中国文学走出去战略中的共识。胡安江与胡晨的《再论中国文学“走出去”之译者模式及翻译策略——以寒山诗在英语世界的传播为例》(《外语教学理论与实践》2012 年第 4 期）着力于在中国文学“走出去”的当下语境，研究寒山诗这个在英语世界进行传播的翻译文学史上的重要个案。王启伟的《“中国文学走出去”之翻译机制与策略——以莫言作品和〈红楼梦〉翻译为例》(《出版发行研究》2014 年第 8 期）指出“中国文学走出去”战略需要能够适应当前形势的优秀译者，优秀汉学家译者则是现阶段该战略所选择的译者类型，并探讨了合适的翻译人才培养机制与培养策略在“中国文学走出去”战略中的重要意义。耿强的《文学译介与中国文学“走出去”》（《解放军外国语学院学报》2010 年第 5 期）提出中国文学若要依凭翻译走向世界，扩大自己的文学影响，必须改变现有的文学译介模式，积极吸引国外译者及出版社参与中国文学译介，这样才能使译本符合异域的诗学标准、意识形态及阅读习惯，保证译本的广泛传播和接受，真正使中国文学“走出去”。王志勤、谢天振的《文学文化走出去：问题与反思》（《学术月刊》2012 年第 2 期）提出必须考虑译入语读者对翻译家的认可程度，了解译入语国家的社会因素、意识形态、占主导地位的文学观念，正视接受环境的时间差和语言差问题，站在冷静的立场进行理性思考，只有这样，中国文学文化才能真正有效地走出去。

部分文章介绍了我国翻译研究者结合文化翻译理论与中国文学翻译实际所做的思考，如王建国的《刘宓庆文化翻译理论简评》（《外语研究》2010 年第 2 期）阐明了我国翻译界著名学者刘宓庆所提出的理论植根于中国语境，借鉴了当代诸多学科的学术成果，以语言为依归，以意义为研究核心，是中国传统翻译理论的发展和延续，与当代西方主流的文化翻译理论具有互补性。

在众多学者当中，王宁教授在全球化与翻译研究方面一直走在国内学术界的前沿，有很大的影响力。他撰文多篇，向中国学者阐释文化转向在翻译研究中的必要性和翻译研究的理论价值。他在《文化研究语境下的翻译研究》（《外语与翻译》1998 年第 2 期）和《翻译的文化建构和文化研究的翻译学转向》（《中国翻译》2005 年第 6 期）中指出翻译的本质就是两种文化之间的互动。翻译研究与文化研究密不可分。王宁的另一篇重要文章《翻译与跨文化阐释》（《中国翻译》2014

年第2期）指出了翻译与跨文化阐释有着密切的关系，在某种程度上，文学翻译就是一种（跨）文化阐释的形式，通过这种“跨文化阐释式”的翻译，一些文化含量较高的文学作品才能在另一种语言和文化中得以传承。

接近21世纪以来，文化翻译研究方面的学术成果更加令人瞩目。其中，比较有代表性的著作有谢天振教授的《译介学》（上海外语教育出版社，1999）。该书是中国第一本译介学专著，指出比较文学中的翻译研究，即译介学研究是从比较文学中媒介学的角度出发，更多的是从比较文化的角度对翻译和翻译文学进行研究，着力解决作品原文在外语与本族语转换过程中源语信息的失落、变形、增添和扩申等方面的问题，关注在人类跨文化交流实践中，翻译的独特价值和意义。该书从多层面、多角度深入系统地论述译介学的诸多问题，重点强调了文学翻译中的创造性叛逆。

王宁教授的*Globalization and Cultural Translation*（Singapore: Marshall Cavendish Academic, 2004）、《文化翻译与经典阐释》（中华书局，2006）、《比较文学、世界文学与翻译研究》（复旦大学出版社，2014）等著作从比较文学的角度深入探讨了当今社会的各种翻译现象，以及其与文化之间的关系，正是因为比较文学的干预，翻译研究才经历了一个“文化的转向”，并且书中重点探讨了当今国际学界的前沿理论话题——世界文学及其与翻译的关系，认为正是翻译的中介才使得各民族文学之间的交流成为可能，同样，也正是借助于翻译，中国文学才有可能跻身世界文学之林，该书的主要目的就是从文化的角度提供翻译学这一概念在当今学术版图上所进行的理论建构或重建。特别是《翻译研究的文化转向》（清华大学出版社，2009）真正将翻译研究纳入跨东西方语境下，考察语言作为一种文化传播的载体对全球化的影响和作用，从而推进这门边缘学科的理论建构；另有陈德鸿、张南峰所编的《西方翻译理论精选》(2000)，廖七一等人编著的《当代英国翻译理论》(2001)和刘军平的《西方翻译理论通史》(2009)都为文化翻译在我国的引入奠定了研究基础。

二、葛浩文译作研究现状

对葛浩文译作的研究，总体来说，国内学者要比国外学者进行得更为深入和细致，虽然相关的博士论文和专著为数不多，但硕士论文和期刊论文数量已经非常可观。由此，足以看出国内学术界对葛浩文的重视以及对葛浩文为中国文学所做贡献的认可。

（一）国内研究

以葛浩文为关键词在中国知网上进行搜索，从2008年到2016年相关博士论文有四篇：吕敏宏的《手中放飞的风筝——葛浩文小说翻译叙事研究》(南开大学，2010)；王璐的《忠实与叛逆：葛浩文翻译研究》(上海外国语大学，2013)；鲍晓英的《中国文学"走出去"译介模式研究——以莫言英译作品美国译介为例》(上海外国语大学，2014)和鄢佳的《布尔迪厄社会学视角下的译者葛浩文翻译惯习研究》(山东大学，2013)。其中鄢佳的论文引入布尔迪厄社会学场域和惯习作为理论工具，将场域界定为中国当代小说英译，葛浩文的翻译惯习则体现为译本选择、译者思想和翻译风格，对两者的历时性和互动关系进行分析，非常具有特色。

相关硕士论文有151篇，其中包括包光霞的《从勒菲弗尔的操控论看葛浩文英译本〈狼图腾〉》(内蒙古大学，2011)；朱怡华的《翻译家葛浩文研究》（华东师范大学，2012）；曲夏瑾的《改写理论视角下葛氏夫妇英译〈尘埃落定〉研究——兼谈对中国文学“走出去”的几点思考》（浙江大学，2012）；张琪的《葛浩文翻译中的读者意识——以莫言〈酒国〉英译本为个案研究》（南京大学，2014）；吴霜雾的《葛浩文的移植与改写艺术——以〈檀香刑〉英译为例》（华东师范大学，2014）；卢迪的《莫言小说在英语世界的传播——以〈红高粱家族〉为中心》（上海外国语大学，2014）；潘敏燕的《译者主体视野下的〈生死疲劳〉英译本研究》（浙江大学,2014）；张娟的《〈红高粱家族〉英译本研究》（河北大学，2014）；陈菊的《从译者主体性看葛浩文英译莫言小说〈生死疲劳〉》（东南大学，2015）和甘露的《〈红高粱家族〉的译介与传播研究——以葛浩文英译本为例》（湖北民族学院，2016）等。

期刊论文近200篇，它们主要从以下几个方面进行研究：

1. 从葛浩文对原文本忠实与叛逆的角度来进行葛浩文的翻译策略和翻译思想的研究，主要介绍葛浩文的生平和翻译活动，张耀平的《拿汉语读，用英文写——说说葛浩文的翻译》（《中国翻译》2005年第2期）介绍了葛浩文的翻译成就和翻译思想，该篇文章标题中“用英语写”的“写”字突出了葛浩文翻译的核心思想，即翻译就是重写。青年学者邵璐对葛浩文英译也做了持续的研究，曾在莫言获诺贝尔文学奖前发表《莫言小说英译研究》（《中国比较文学》2011年第1期），其关于莫言作品英译研究的其他文章还有《莫言英译者葛浩文翻译中的“忠实”与“伪忠实”》（《中国翻译》2013年第3期）、《翻译中的“叙事世界”——析莫言〈生死疲劳〉》（2013）和《莫言〈生死疲劳〉英译中隐义明示法的运用》（2013），可见2013年是学者邵璐的丰收年，这一现象也证明了诺贝尔文学奖对文学研究的带动作用。曹顺庆与王苗苗的《翻译与变异——与葛浩文教授的交谈及关于翻译与变异的思考》（2015）指出葛浩文的翻译实践表明，在文学作品的翻译过程中，译者需要根据目标语文化的转变而进行适当的语言变异。王冬青的《归异同修：葛浩文对中国文学作品的题名翻译》（2016）一文指出葛浩文以忠实为前提，运用归化与异化相结合的方式，使作品题名既能表达原作内容，也能达到吸引外国读者的目的。其中，安芳的《论莫言小说英译研究中的误读与误释》（《当代外语研究》2016 年第 4 期）首先澄清了莫言小说英译本中删改的名与实，并对除葛浩文外莫言小说的其他三名英译者进行了介绍，同时通过批判和分析具体案例，指出国内学术界大量研究莫言小说英译的论文中存在的问题。还有一部分文章属于葛浩文专访，主要围绕葛浩文对翻译和中国文学的看法，如季进的《我译故我在——葛浩文访谈录》（2009）探讨了葛浩文对译本的理解和选择。张莉对葛浩文的访谈录《持久力和亲切感——两代研究者关于萧红的对谈》（2011）探讨了作为葛浩文学术起点的萧红研究的历程及其开启翻译事业的内在动力。

2. 从文化的角度探讨葛浩文译作的相关研究论文有：胡湲的《从葛浩文英译〈红高粱〉看文学翻译中的文化误读》（2008），刘一鸣的《从关联理论看文化负载词的翻译——〈丰乳肥臀〉英译本个案研究》（2009）；从译者的主体性角度探讨葛浩文对译本操控的有谢莹的《葛浩文英译〈丰乳肥臀〉研究》（2012）、《葛浩文英文译作〈狼图腾〉中译者主体性研究》（2012）和陶惟的《论〈丰乳肥臀〉翻译中的译者主体性》（2013）等；从文学文体学的角度进行研究的有代旋的《〈红高粱家族〉风格传译的文体学评析——以其英译本为例》（2009）和李颜霞的《〈生死疲劳〉英译本文学文体学翻译研究》（2012）等。此外，孙宇的《文化翻译视域下葛浩文对莫言小说英译的启示》（2017）在文化翻译理论的主导下，通过分析葛浩文的莫言小说英译实践为中国当代文学翻译带来的启示和成功经验，力图为中国文学翻译的未来发展开拓更大、更为自由的空间。

3. 其他相关论文运用各种不同的理论来探讨葛浩文的译本，比较有特色的是场域理论视域下的翻译研究。如汪宝荣的《葛译〈红高粱家族〉在美国文学场域生产与传播的社会学探析》(2014)一文运用法国学者布尔迪厄的"场域理论"和拉图尔等人的"行动者网络理论"，分析译者主导网络模式下各种人类、非人类行动者如何通过资本转化，交互联结构成行动者网络，顺利完成《红高粱》英译本在美国文学场域的生产和传播，同时探讨了该成功案例对中国文学走出去的启示。

4. 在众多赞扬声中，也有部分文章对葛浩文翻译思想持否定态度，对葛浩文的翻译策略进行了批判。如姜玉琴和乔国强的两篇文章《葛浩文的"东方主义"文学翻译观》(2014)和《中国文学"走出去"的多种困惑》(2014)表达了国内学术界对葛浩文的翻译观及其对中国文学最为极端负面的评价。前文认为葛浩文在翻译中国文学时，内心始终遵循着"东方主义"的原则，即他所翻译的作品一定是以揭露中国社会的黑暗面为主线，以其身后的欧美市场的评判为标准，试图论证葛浩文对中国文学作品的选择实际上并没有摆脱意识形态和文化霸权主义思想的束缚；后文对葛浩文撰写的《中国文学如何走出去？》一文进行了批判，并针对葛浩文的观点提出了如下三个问题：(1)中国的通俗小说到底可不可以代表中国当代文学走出去？(2)中国文学之所以走不出去主要原因是中国文学的传统妨碍了当代小说家们的创作？(3)中国当代文学若要取得进步，却不继承中国自身的文学传统，而完全依靠西方的文学传统是否可取？文章作者虽然对葛浩文多年来译介中国文学作品的贡献予以肯定，但态度过于主观和绝对，言辞犀利，在一定程度上有过度歪曲之嫌。

（二）国外研究现状

国外研究主要集中在葛浩文英译本小说的叙事和主题方面，对葛浩文本人及其适用的翻译策略研究很少，且研究者主要集中在美国文学界。如美国汉学家陆敬思（Christopher Lupke）在《追求完美意象：现代中国小说与葛浩文的声音》（"Hankering after Sovereign Images: Modern Chinese Fiction and the Voices of Howard Goldblatt"）（2011）一文中梳理了葛浩文翻译中国文学作品的历程，探讨了葛浩文在翻译过程中如何忠实地再现中文小说的独特叙事，如何尽力传达小说人物的内心世界，对葛浩文多年专注于中国文学译介给予了很高的评价。美国纽约大学比较文学系华裔教授张旭东在《莫言是通向当代中国文学的门户》（2012）一文中表示莫言非常幸运，有经验丰富的译者葛浩文连续多年翻译他的作品，并通过译者本人的影响力将其小说在国外出版。比起莫言的写作风格，张旭东更倾向于葛浩文简洁清晰的译作。美国翻译家、文学评论家凌静怡（Andrea Lingenfelter）认为葛浩文非常注重提高自身母语的表达能力和写作风格，这使其与其他翻译家相比与众不同，以往中国文学翻译家的译作通常缺乏活力和生气，使读者产生厌倦情绪。美国作家迈克尔·奥巴赫（Michael Orbach）曾在2012年发表书评《莫言的犹太人翻译家》（"Mo Yan's Jewish Interpreter"），葛浩文在莫言获奖后接受了他的访谈，讲述了他走上中国文学翻译之路的过程。华裔作家、文学社会学者孙笑冬（Anna Sun）在《凯尼恩评论》（*Kenyon Review*）上发表的《莫言的病态语句》（"The Diseased Language of Mo Yan"）一文中认为葛浩文的翻译在审美统一和确定性上比原作高明。华裔学者姜咏梅（Jiang Yongmei）的《中国文化的全球化和葛浩文中国文学翻译：〈丰乳肥臀〉案例研究》（"The Globalization of Chinese

Culture and Goldblatt's Translation of Chinese Literature——A Case Study of Big Breasts and Wide Hips")(2015)一文从《丰乳肥臀》英译的案例着手，探讨了在全球化语境下葛浩文翻译中国文学对传播中国文化的现实意义。

三、莫言小说国内外研究现状

从1986年《透明的红萝卜》受到评论界广泛关注以来，国内外文学界就已经开始注重对莫言的跟踪研究，并形成了一定的规模。在他创作后期的几部重要长篇小说相继问世时，国内外文学批评家就开始对莫言作品分别从创作思想、民间叙事、语言特点和女性人物形象等角度进行了深入研究。对于莫言作品的定位也有乡土小说、寻根文学、新历史小说等多种称谓。在莫言获奖之后，其作品更是引起了世界性的反响，形成了一股强劲的"莫言热"。

(一)国内研究现状

以莫言为关键词在中国知网上进行搜索，从2004年到2016年相关博士论文共有15篇，分别是廖增湖的《沸腾的土地——莫言论》(华东师范大学，2004)；杨枫的《民间中国的发现与建构》(吉林大学，2009)；刘广远的《莫言的文学世界》(吉林大学，2010)；宁明的《论莫言创作的自由精神》(山东大学，2011)；黄韬的《怪诞意识的自觉与实践——论王小波、莫言、残雪、刘震云、余华等作家笔下的怪诞美》(武汉大学，2011)；斋藤晴彦《心理的结构与小说——用分析心理学解读莫言的作品世界》(复旦大学，2012)；何媛媛的《莫言的世界和世界的莫言——世界文学语境下的莫言研究》(苏州大学，2013)；阮秋贤的《越南对二十世纪中国文学的接受观念研究——以徐枕亚、鲁迅、莫言的译介为例》(复旦大学，2013)；董国俊的《莫言小说的虚幻现实主义》(苏州大学，2014)；鲍晓英的《中国文学“走出去”译介模式研究——以莫言英译作品美国译介为例》(上海外国语大学，2014)，莫言虽然出现在该论文的题目中，但该论文主要研究对象为葛浩文的译作，故本书亦将此文归类到对葛浩文的研究当中，并对之进行详细介绍；于红珍的《民俗文化资源与莫言及其文学世界》(山东大学,2015)；赵霞的《蒲松龄莫言比较研究》(山东师范大学，2015)；潘辉煌的《莫言作品在越南的传播与接受研究》(华东师范大学，2015)；吴晓东的《试论莫言与媒介的关系》(山东大学，2016)；崔立秋的《东西文化汇流的精灵——莫言论》(河南师范大学，2016)。这15位研究莫言的博士中有三位是在中国攻读学位的外国留学生：斋藤晴彦来自日本、阮秋贤和潘辉煌来自越南，他们的研究为我国学者研究莫言作品在国外的译介与接受情况做了很大贡献，这也足以看出莫言在中国周边国家的影响力。

综观莫言研究，学术界对其作品的研究是渐次深入的：从表层到深层，从宏观到微观，从本学科延伸至边缘学科，取得了丰硕的研究成果；其他学科对莫言的研究属于产业化、经济化的开发和研究，做了文学界本身无法完成的工作，也更好地推进了莫言研究的发展。最早的莫言研究专著是张志忠的《莫言论》(1990)，该专著对莫言初涉文坛至《红高粱》获得广泛关注的过程进行了扫描与剖析，在莫言创作中的角色定位、地域特色、艺术手法、创作的价值判断和审美特性等方面进行了解读，并介绍了莫言的代表作品。其他陆续出版的专著还有贺立华、杨守森的《怪才莫言》(1992)；叶开的《莫言评传》(2008)，等等。在莫言的故乡，山东省社科院院长张华教授领衔主编的《莫言研究书系》(2013)，包括《莫言研究三十年》(贺立华、丛新强等)、《大哥谈莫言》(管谟贤)、《师从莫言》(齐林泉、兰传斌等)、《好友乡亲说莫言》

（杨守森等）、《莫言研究硕博论文选编》（程春梅、于红珍等）、《国外莫言研究》（宁明等）等。莫言研究的论文集有林建法主编的《说莫言》（2013）、杨扬主编的《莫言作品解读》（2013）和张清华、曹霞主编的《看莫言：朋友、专家、同行眼中的诺奖得主》（2013）等，可以看出莫言研究者都在以更大的热情和更新的眼光去欣赏、解读、探索莫言的文学世界。一些研究者在已有研究基础上，运用更多更新的理论、方法、范畴和观点，以一种更加宏阔的“世界眼光”去审视、解读莫言的文学世界。

吉林大学胡铁生教授撰写的专著《全球化语境中的莫言研究》（2017）为吉林省社会科学项目“莫言研究：域外影响与自主创新”的研究成果，该论著阐述了莫言借改革开放的有利时机，经过域外文学的影响、自主创新，转而在域外传播并产生影响的三个环节，其作品被域外读者和学术界广为接受。同时，胡铁生教授指出莫言小说在社会问题、政治问题以及历史问题的探讨中表现出作家高度的责任感和使命感。文学全球化与政治、经济、文化等领域的全球化一样，是当前中国文学界所面临的处境。莫言小说的成功之路是文学参与全球化发展并取得巨大成功的典型例证。这部从全球化角度对莫言作品的艺术特色和域外译介进行宏观层面研究的专著在国内尚属首例。该论著影响广泛，也为本书的撰写带来启发。另外，胡铁生教授长期以来关注莫言对于域外影响的接受与自主创新，以及莫言作为知识分子在公共空间领域所承担的社会责任和起到的积极作用，并撰写了多篇论文。例如，胡铁生、周光辉的《作家的社会责任与政治使命——莫言小说的文化软实力研究》（《社会科学家》2013 年第 3 期），胡铁生、夏文静的《福克纳对莫言的影响与莫言的自主创新》（《求是学刊》2014 年第 1 期），胡铁生、蒋帅的《莫言对域外元小说的借鉴与创新——以〈酒国〉

为例》(《当代作家评论》2014 年第 4 期),綦天柱、胡铁生的《文学疆界中的社会变迁与人的心理结构——以诺贝尔文学奖获得者福克纳和莫言的文学疆界为例》(《社会科学家》2015 年第 8 期)和胡铁生、孙宇的《莫言魔幻现实主义的是非曲直》(《社会科学战线》2015 年第 8 期)等,均在莫言研究领域产生了深远影响。

对莫言作品在域外接受情况进行研究的期刊论文在莫言获得诺贝尔奖后急剧增多。主要有:张学军的《莫言小说与西方现代主义文学》(1992),莫言、李比英雄的《文学·民族·世界——莫言、李比英雄对话录》(2006),刘江凯的《本土性、民族性的世界写作——莫言的海外传播与接受》(2011),宁明的《莫言海外研究述评》(2012),谢稚的《从莫言获诺贝尔文学奖看中国文化的海外传播》(2012),何明星的《莫言作品的世界影响地图——基于全球图书馆收藏数据的视角》(2012),高旭东的《莫言获诺奖的现代意义》(2013),全炯俊、李大可的《与莫言获诺贝尔文学奖相关的几个问题》(2013),吕梦盼的《莫言文学在美媒介镜像解构——基于美国权威报纸对莫言获奖报道的研究》(2013),许方、许钧的《殿堂、翻译与创作——许钧教授谈莫言获奖及其作品的翻译》(2013),鲍晓英的《从莫言英译作品译介效果看中国文学“走出去”》(2015),肖进的《莫言在中东欧的译介、传播与接受》(2015),等等,其中香港中文大学危令敦(Ling Tun Ngai)撰写的《肮脏的混乱:读莫言的〈红蝗〉》(“Anal Anarchy: A Reading of Mo Yan's ‘The Plagues of Red Locusts’”)(1998)在国际上影响较大。

（二）国外研究

早在 1989 年,国外就开始了对莫言小说的学术关注。莫言小说英译本在国外引起了强烈的反响。早期国外有代表性的关于莫言的评论文章有葛浩文弟子孔海立（Kong Haili）的《端木蕻良和莫言小说世界里的“原乡”情结》（“The Spirit of ‘Native Soil’ in the Fictional World of Duanmu Hongliang and Mo Yan”）（1997），美籍华裔学者王德威（David Der-wei Wang）的《千言万语，何若莫言》（1999），美国汉学家金介甫（Jeffrey C. Kinkley）的《二十世纪末中国小说中的现代性和大灾难》（“Modernity and Apocalypse in Chinese Novels from the End of the Twentieth Century”）（2005）等。

在2000年，美国著名学术期刊《今日世界文学》（*World Literature Today*）曾推出过针对莫言小说的评论专区，率先发表了葛浩文的《莫言的“阴郁的”禁食》（“Forbidden Food：‘The Saturn Icon’ of Mo Yan”）、王德威的《莫言的文学世界》（“The Literary World of Mo Yan”）和托马斯·英格（Thomas M. Inge）的《西方人眼中的莫言》（“Mo Yan Through Western Eyes”）等学者的代表性文章。

莫言获奖的消息在美国刚一传开，也引发国外文学评论家的争议。

在莫言获奖所引起的争议有所平复之后，国外学界逐渐开始认识到莫言作品的独特艺术价值，如《当代世界文学》执行主编罗伯特·肯·戴维斯·安迪亚诺（Robert Con Davis-Undiano）的《一个西方人对莫言的反思》（“A Westerner's Reflection on Mo Yan”）（2013）、葛浩文的《翻译中的莫言：众多人中的一个声音》（“Mo Yan in Translation: One Voice among Many”）（2013）等。另外，美国作家约翰·厄普代克（John Updike）、美国批评家史景迁（Jonathan Spencer）和白礼博（Richard Bernstein）也都撰写过莫言小说研究方面的文章。

与美国批评界和翻译界相比，英国学者和翻译家对莫言的关注较少，甚至可以用过于冷淡来形容，英国批评家杜迈可（Michael Duke）可以说是英国关注莫言最早的批评家之一，曾发表《二十世纪八十年代莫言小说中的过去，现在和未来》(“Past，Present，and Future in Mo Yan’s Fiction of the 1980s”)(1993)一文。

早期对莫言小说发表评论的华人学者有：杨晓斌(Yang Xiaobin)的《〈酒国〉：奢华的衰退》(“The Republic of Wine: An Extravaganza of Decline”)(1998)、陈建国(Chen Jianguo)《幻想逻辑：出没于当代文学想象中的鬼魂》(“The Logic of the Phantasm: Haunting and Spectrality in Contemporary Chinese Literary Imagination”)(2002)和美籍华裔学者陈雪莉(Shelley W. Chan)的《在中国一个颠覆性的声音：莫言的小说世界》(“A Subversive Voice in China: The Fictional World of Mo Yan”)(2011)等。华裔瑞典籍翻译家、莫言小说瑞典文翻译家陈安娜的丈夫陈迈平(Maiping, Chen)，从瑞典读者的角度对莫言作品进行了解读《中国文学的跨文本阅读——以莫言作品为例》(“The Intertextual Reading of Chinese Literature With Mo Yan's Works as Examples”)(2015)等。

这些国外汉学家、翻译家和文学评论家的文章对了解莫言在国外的研究与接受具有重要参考价值。与世界上其他所有伟大作家的作品一样，莫言的作品在政治、社会、道德和哲学方面都展现出很多重要观点。他的作品被翻译成各国语言之后又引起了广泛热议，今后，关于莫言小说翻译研究的范围和深度在国际学术界还会有进一步的深化。

我国比较文学界著名学者胡铁生教授在其专著《全球化语境中的莫言研究》中指出：“全球化具有两个重要环节：输入和输出，文学全球化也不例外。莫言小说被世界文学所承认，最终登上了世界文学的最高领奖台，其成功不仅有输入环节中对域外文学的借鉴，同时也有输出环节上在域外传播并形成的影响。”[①] 然而，为了让世界了解和读懂

---

① 胡铁生：《全球化语境中的莫言研究》，社会科学文献出版社 2017 年版，第 248 页。

莫言用汉语写成的小说，这中间却经历了一个非常艰难的过程，因为莫言小说与世界读者之间存在巨大的语言障碍，这就必然要通过翻译的助力。成为诺贝尔文学奖获得者，并能在世界文学领域中得到普遍认可，莫言所遇到的困难要远远超过西方作家。莫言小说之所以能够进入世界文学领域，在世界各国得到广泛传播，影响力与日俱增，正是得益于葛浩文在域外的译介与传播这一重要环节。在文学全球化过程中，葛浩文的译介为世界各国了解中国文学与文化搭建起沟通的桥梁。通过对这一较为成功的译介个案进行分析研究，势必对中国文学外译之路具有一定的启发。

第二章　翻译研究的文化转向

文化作为社会现象，既包括物质的，也包括精神的，是某一民族或国家的社会历史积淀物。文化虽然凝结于物质之中，却又游离于物质之外。国家或民族的历史、地理、传统习俗、生活方式、风土人情、文学艺术、行为规范、价值观念和思维方式等均被包容在国家或民族文化之内，因而文化可被视为“人类之间进行交流的，且普遍认可的一种可以传承的意识形态”[①]。显然，文学在这个大系统中是文化的载体之一，是意识形态领域内的一个重要组成部分。国际翻译研究的文化转向给比较文学和文化研究带来了勃勃生机。多年从事翻译研究的孙会军教授认为翻译研究领域出现“文化转向”之前，原作中心主义大行其道。国内外学者都普遍认为，译者不该在译作中显露自己的风格，译者的任务就是努力再现原文。译者的风格如果在译作中显露出来则会被看成是失职，背叛了原文。但在翻译研究的“文化转向”后，人们逐渐认识到，译者不可能完全再现原文的风格，这只是译者“虽不能至”、但“心向往之”的一种理想境界；译者在翻译的过程中一定会

① 胡铁生:《全球化语境中的莫言研究》，社会科学文献出版社 2017 年版，第 250 页。

留下自己的风格，“如同拿过茶杯的手必然在杯子上留下自己的指纹”[①]。在“洋务运动”和“五四运动”以来的“西学中用”过程中，通过大量翻译实践和引入西方翻译理论，中国翻译研究已经有了长足的进步。2005年翻译学在中国被确立为一门独立学科就是极好的证明。中国翻译学在接受并吸收了西方翻译研究的“文化转向”之后，正以一种全新的面貌展现在世界面前，经历了“转向”的中国翻译学转而反哺国际翻译界，在飞速发展的当今时代，为全球文明的进步贡献自己的力量。西方翻译界对莫言作品的翻译与翻译研究中文化转向的核心问题密切相关，为此，有必要对文化转向具有清醒的认识。

第一节　文化转向的历史背景

莫言小说的最大特点是讲述中国故事，那么在域外传播过程中就涉及译文在异质文化环境中进行交流的特定背景。随着全球化进程的持续加速，翻译在各民族之间的文学与文化交流中所发挥的作用与日俱增。受西方的影响，20世纪的最后20年中国翻译界的学者也开始转向对翻译外部环境的研究。以译介学的建立为标志，中国翻译研究也逐渐开始朝着多元化方向发展，表现出从传统向现代的转变。在文化转向由西至东的发展过程中，翻译不再被看成是单纯的语言转换，而是被看成两种或多种文化之间的交流。

① 孙会军:《葛浩文和他的中国文学译介》，上海交通大学出版社2016年版，第121页。

一、西方翻译理论的演变及其影响

20世纪60年代后，西方翻译理论研究更具多样性，从字、词、句为单位过渡到以语篇为单位，这一时期的翻译理论学派以不同的名称命名，“描述翻译学派”“多元系统理论学派”“操纵学派”和“低地国家学派”等①，但他们从事翻译研究的基本范式和方法却非常相近。托尔曼（Herbert Cushing Tolman）提出了“忠实”“通顺”和“再现原作风格”的三原则，泰特勒（Alexander Fraser Tytler）则提出了“完全复制原作”“保持原作风格和笔调”以及“译文与原作同样流畅”的三原则。在传统翻译学的领域中，“忠实原文”是其准则。然而，在语言转向之后，话语的不确定性对翻译的确定性原则提出了新的挑战。

1972年，荷兰著名翻译理论家詹姆斯·霍姆斯发表的《翻译研究的名与实》（“The Name and Nature of Translation Studies”）一文被认为是翻译研究学派，即文化学派成立的标志。英国著名比较文学家、翻译理论家苏珊·巴斯奈特于1980年出版的专著直接以《翻译研究》（*Translation Studies*）命名，用来回应“翻译研究学派”创始人霍姆斯提出的建立翻译研究独立学科的倡议。随着“翻译研究”这个术语的提出，三十多年以来，它便一直在描述翻译过程中的各种不同的研究路径、方法和问题。一大批翻译理论家及其理论在这个潮流当中涌现，如凯瑟琳娜·莱斯（Katharina Reiss）的文本类型理论、汉斯·弗米尔（Hans Vermeer）的目的论、贾斯塔·霍茨·曼塔里（Justa Holz Manttari）的翻译行为论和克里斯汀娜·诺德（Christiane Nord）的“功能加忠诚”理论、埃文·佐哈尔（Even Zohar）的多元系统论、厄恩斯特-

① 至今西方翻译理论界各学派的分类各有不同，此处采取刘军平在《西方翻译理论通史》中的分类方法。

奥古斯特·格特（Ernst-August Gutt）的关联翻译论以及女权主义学派和后殖民学派等。在这些令人眼花缭乱的理论当中，文化学派在20世纪90年代初逐渐赢得了中心地位。苏珊·巴斯奈特作为领军人物，引导文化学派的翻译研究学者在前人理论的基础上，为翻译研究确切指明了学科范式及其使命。在20世纪的最后十年，国际翻译研究真正取得了突破性的成果，这种突破性的进展所产生的影响也自然对中国翻译界有所撼动。国内最早从结构主义、女性主义来研究翻译理论的学者之一刘军平教授指出，当时西方学者们更多地从跨学科的角度，从比较文学、语言学及语言哲学、阐释学和符号学、交际理论与接受美学、人类学和社会学等学科借鉴新的研究方法，开拓新的思路。这种转变使翻译研究摆脱了以原文文本为基本导向的“规范式研究”，放弃了对“传统等值”的执着追求，使翻译研究走向了多学科、多层面、多角度的发展状态。①

“文化转向”（cultural turn）的概念最早是由国际著名翻译理论家玛丽·斯奈尔-霍恩比（Mary Snell-Hornby）命名的，她以此来描述这种把翻译看成是文化之间相互交流的转变。这种研究重点的转向并不是空穴来风，它有着深厚的学术背景，甚至可以追溯到古希腊的怀疑主义，直至17世纪法国著名哲学家笛卡儿的理性主义和19世纪英国生物学家达尔文的唯物论和进化论。这些理念都在当时引起人们对一切习以为常的社会和伦理结构的存在基础产生怀疑，在这种理论土壤之上，具有“反叛”和“独立”意识的解构主义、后殖民主义和女权主义纷纷揭竿而起。文化转向涉及历史上对翻译标准的讨论、翻译过程中权力的运作、意识形态的干预、译者的操纵等以前并未被意识到的重要

① 刘军平:《西方翻译理论通史》，武汉大学出版社2009年版，第395页。

问题。作为改写的翻译，实际上是译者与各种力量之间相互作用而产生的“共谋”。文化学派的理论深化了对翻译之于社会文化意义的理解，揭示出文本背后所隐藏的巨大威力。在这个转变过程中，翻译研究者之前的狭窄视野得到了拓宽，权力话语、意识形态、诗学及赞助者等因素备受重视。文化之所以成为翻译研究的新视点是受了经济全球化、世界文化多元化以及殖民主义的影响。因而，“翻译活动绝非一件远离政治和意识形态的活动”①。

莫言创作始于20世纪80年代，那么在20世纪90年代出现的标志着国际翻译研究发展潮流的“文化转向”必定对莫言小说翻译产生了重大影响。比起之前的翻译理论，翻译的“文化转向”更加强调翻译作为独立学科的自足性，注意揭示学科范式的内在规律性，增加学科的开放包容性，更多地思考不同时期各个国家的社会价值观、意识形态、政治体制对翻译研究的影响。在全球化和多元化的大趋势之下，这股浪潮把文化因素在翻译研究中的作用发挥到了极致。翻译研究者也不得不承认在历史上以语言学派为主导所进行的翻译研究在很长一段时期内为不同国家之间的沟通做了很大的贡献，为翻译研究打开了科学的大门。因此，翻译研究的文化转向不会取代语言学派的翻译研究，文化翻译理论只是对传统翻译观的丰富和深化，给传统翻译观带来的是“冲击”，而不是取代，更不是推翻传统翻译观。②

随着苏珊·巴斯奈特和安德烈·勒菲弗尔等人明确提出了翻译研究的文化观，翻译研究中的文化意识由一系列相关问题的提出而被唤醒；美国翻译理论家劳伦斯·韦努蒂对“归化”和“异化”这两种翻译策略的提出及对后者的推崇，更凸显了其理论的后殖民主义批判特色。

---

① 曾文雄：《“文化转向”核心问题与出路》，载《外语学刊》，2006年第2期，第90页。

② 曾文雄：《“文化转向”核心问题与出路》，载《外语学刊》，2006年第2期，第93页。

他也对国际翻译研究中出现的“文化转向”奠定了决定性的理论基础。中国译介学创始人谢天振自20世纪80年代以来一直在比较文学视域下对翻译研究进行持续不断的关注，对“翻译是一种创造性叛逆”这一观点的介绍和阐释以及对翻译文学归属问题的讨论，推进了翻译研究在中国的“文化转向”，使中国传统翻译研究顺应了国际翻译研究的潮流，实现了现代化转向。

二、中国译介学的形成与发展

中国首部系统研究译介学专著《译介学》在1999年出版，该书作者、我国著名比较文学学者、翻译理论家谢天振教授指出：“《译介学》是从比较文化的角度出发对翻译（尤其是文学翻译）和翻译文学进行的研究。”① 在该书绪论中谢天振教授指出，如果不承认翻译是一种创造性叛逆，那么译介学则无从谈起。作为中国翻译学科建设的重要参与者，谢天振创建的译介学和其对翻译文学的研究，推动了翻译在我国成为一门独立的学科。他在中国翻译研究的文化转向方面起到了举足轻重的作用，可以说正是谢天振具有前瞻性的学术意识引领了中国翻译研究的文化转向。译介学在中国的建立虽然在最初确实受到西方翻译研究中文化转向的影响，但谢天振受到了巴斯奈特等人的启发后，结合了中国翻译研究和翻译实践的实际情况，在中国20世纪翻译的大潮中形成了独树一帜的理论，深深影响了中国翻译研究的走向，并实现了与国际翻译研究文化转向的接轨。

在中国比较文学领域历年出版的著作中，译介学的地位逐年攀升，在卢康华和孙景尧两位学者撰写的奠定了中国比较文学学科理论基础的

① 谢天振:《译介学》，上海外语教育出版社1999年版，第1页。

著作《比较文学导论》(1984)中，译介学的地位还没有显现，只在“影响研究”中提到了“媒介学”字样。在1987年陈惇、刘象愚等人撰写的《比较文学概论》中，翻译研究仍然被包含在“媒介学”之内。对中国比较文学学科理论建设而言，从“媒介学”中出发的译介学被纳入比较文学学科理论中意义重大，因此只以“媒介学”这一术语概括翻译研究似乎过于牵强。在1989年由陈惇、孙景尧、谢天振主编的《比较文学》一书中，译介学被首次纳入全书的框架体系中，谢天振撰写的《译介学》作为第四章取代了此前“媒介学”的位置，不但如此，还由此前“媒介学”在比较文学学科理论中“节”的地位，上升到“章”的地位，可见译介学学科地位的提升在《比较文学》中被明显地体现了出来。谢天振教授及其研究团队所做出的努力得到了回报，译介学在比较文学学科理论中也获得了“应有的重要位置”[①]。1997年张铁夫主编的《新编比较文学教程》在“影响研究”下，把“译介学”已经提升到与传统的“流传学”“渊源学”和“媒介学”并列的位置；2002年杨乃乔主编的《比较文学概论》则把“译介论”列为专章讲述；2003年曹顺庆主编的《比较文学论》又把“译介学”归在“媒介学”之下；但在2006年曹顺庆主编的《比较文学教程》中将“译介学”包含在了“变异研究”之中。北京大学出版社在最近几年出版的《21世纪比较文学系列教材》(10卷本)中列入了谢天振的《译介学导论》，这意味着译介学已成为一个在比较文学学科之内却又相对独立的研究领域，其地位已经趋于稳固。由此可见，译介学的概念及其内涵和外延已经确定，并已经成为比较文学研究的重要组成部分，译介学已经处在当下学术研究的前沿位置。

谢天振在2008年发表的《论比较文学的翻译转向》一文中坦言在十

---

① 王向远:《译介学及翻译文学研究界的“震天”者——谢天振》，载《渤海大学学报(哲学社会科学版)》，2008年第2期，第53页。

几年前当他首次在苏珊·巴斯奈特 1993 年出版的专著《比较文学——批评导论》中读到巴斯奈特的"比较文学已死论"[①]的时候，非常不解，深感困惑。后来，他针对这个论断撰文《翻译研究的最新进展和比较文学的学科困惑》，表达了自己对比较文学这一学科的看法，并发表在 1997 年创刊的《中国比较文学》第 1 期上。这也致使他后来对当代西方的翻译研究连续十几年保持了较高的关注度，在结合国际比较文学的发展现状，对西方前沿的翻译研究有了深入了解后，当他再次研读巴斯奈特的那部专著及其言论，在认识上已经发生了很大的变化。[②]谢天振指出巴斯奈特的这一断言虽然道出了以欧洲为中心的比较文学发展的现状，但中国比较文学研究者仍觉得巴斯奈特的断言十分偏激。究其原因，其一在于我们所处的中国比较文学研究的文化语境；其二则是目前中国的翻译研究与西方相比虽然还相对滞后，但在完成"文化转向"之后，中国的翻译研究必将成为中国比较文学学科中一个极为重要的研究领域。

实际上，由于巴斯奈特和她的合作者勒菲弗尔以及文化翻译的其他代表人物都是深受西方文化熏陶的知识分子，尽管他们渴望了解东方文化，但出于语言限制所产生的文化隔膜，他们对于东方的认知远远不能满足其从事跨文化翻译研究的需要，更无法推进翻译研究在中国的"文化转向"。那么，中国翻译研究"文化转向"的重任该由谁来承担？毫无疑问，这个历史的重任必将落在中国学者的肩上，谢天振创建的译介学以及国内许多从事译介学研究的学者，从某种意义上说已经为中国翻译研究的"文化转向"做出了极大的努力。但由于中国的翻译界和译学界

---

① Susan Bassnett, *Comparative Literature:A Critical Introduction*, Oxford: Wiley-Blackwell, 1993, p.161.

② 谢天振:《论比较文学的翻译转向》，载《北京大学学报（哲学社会科学版）》，2008 年第 3 期，第 43 页。

对翻译研究的“文化转向”充满疑虑、不解甚至反对，一些老一辈资深翻译家更是对这一转向难以接受，使翻译研究的“文化转向”在中国进行得异常艰难。在这种情况下，谢天振教授以其深厚的文学研究功底、具有前瞻性的学术敏感性和脚踏实地的理论建构，力排众议，其学术观点得到了越来越多中国学者的认可和推广，为中国翻译研究的“文化转向”做出了重要贡献。在全球化的影响下，中国比较文学与翻译研究的形式与内涵也发生了翻天覆地的变化，但谢天振的学术思想一脉相承，并没有像巴斯奈特的激烈论断一样在 13 年间就产生了截然相反的变化。中国的译介学在近 30 年的发展中，不但研究队伍得以壮大，研究的范围也远远超越了巴斯奈特和勒菲弗尔等人提出的“文化转向”，将翻译文学作为一个相对独立的文学类型，对其性质和归属问题进行深入研究，包括翻译文学地位的确立和翻译文学史的撰写等方面均属国内先例，积极地推动了翻译作为一门专业学科的独立发展。

通过译介学在中国的发展，我们了解到，翻译决不是一个单纯的语言行为，其深深扎根于语言所处的文化之中。为了厘清中国翻译研究“文化转向”的过程，并得出中国文学对外翻译与传播的启示，对中国翻译历史的回顾是非常必要的。

三、中国传统翻译理论的演变

中国传统翻译理论如果从最初的佛经译论（公元 148 年始）算起，有着将近 2000 年的历史。这期间，中国历史上一共经历了四次翻译活动高潮，对中国文化产生了巨大的影响。实际上，中国曾出现过许多杰出的翻译家和译论家，他们的主张和论述均基于自身的翻译实践，对后来的翻译实践及研究产生了深远影响。复旦大学中文系严峰教授将中国翻译史上的四次翻译高潮进行了归纳，本书对其加以借鉴，并进行了相应的补充：

第一次翻译高潮，主要是以从西域来华传播佛教的大师鸠摩罗什（344—413）为代表的佛经翻译，在此过程中翻译方法得以开创。唐朝的僧人玄奘（600—664）通常被认为是中国翻译家中的第一人，他提出翻译佛经要讲求“既须求真，又须喻俗”标准和“五不翻”原则，为我国翻译理论打下了坚实的基础。

第二次翻译高潮是在近代，以严复（1853—1921）、林纾（1852—1924）等人为代表的翻译家以“师夷长技以自强”为目的对西方文学进行了大量翻译。严复所坚持的非常有代表性的“信、达、雅”构成了中国传统翻译理论的基本准则，对后来的翻译家产生了巨大影响，也对“启发民智”起到了积极、重大的作用。鲁迅提出的“力求易解”和“保持原作风姿”的标准在当时的翻译界也产生了一定的影响。

第三次翻译高潮是在“文革”后，一批西方经典学术译著得以出版，20世纪西方哲学界和文学界影响较大的著作大量传入我国，弥补了“文革”中西方文化交流的空白。在此时期，钱钟书的“化境说”开创了中国翻译批评的新局面，即从相关的文化因素评价译作，但并不排除对译者语言成就的评价。

第四次翻译高潮则是信息时代的产物。随着互联网和多媒体技术的普及，国家间的交流越来越频繁，人与人之间的沟通越来越便利，各国经贸、文化和文学方面的交流加深，各种在线翻译软件应运而生，智能翻译得到广泛运用。同时，为满足人民群众不断增长的文化需求，对国外的电视节目、电影字幕的翻译席卷开来。在网络的助力下，越来越多的高水平外语学习者加入到了翻译的队伍中，虽然全国能专职或兼职从事笔译和口译工作的人数激增，但也仅限于实践，而且多以外译中为主，在当代翻译理论方面并没有任何本质上的突破。

我国当代著名翻译理论家刘宓庆在其著作《新编当代翻译理论》中对传统译论的不足进行了总结和归纳[①]，他认为中国翻译理论研究近些年尽管已经取得了长足的进步，但是仍存在一些难以克服的问题。中国传统翻译理论虽然是中国和世界文化的宝贵财富，在指导我国翻译事业中起了巨大而深远的历史作用，并且翻译在推动中国文学在世界文学语际中的流通也起到了重要作用，但它也有自身的局限性。

中国传统翻译理论在认识论上有缺陷，长期以来研究范围过于狭窄，导致翻译理论探讨在1000多年中一直处于相对封闭的状态，发展相当缓慢。而且，传统翻译的基本理论命题有限，无法解决翻译实践中所出现的众多问题。另外，传统翻译理论的研究方法陈旧却又难以改变。传统翻译理论的薄弱之处在于古典和近代译论家通常局限于传统文艺美学的方法论，注重宏观描述而缺乏对译作和翻译过程的微观剖析，并且对许多价值观念都未确立科学系统的界定。传统翻译理论的主观性、模糊性和印象性太强，翻译理论家们常常各抒己见，内容过于空泛。由于缺乏科学的论证形式，翻译界常常陷入诠释性的相互争论之中。翻译理论家对翻译的概念和标准各持己见，论者和译者往往无所适从，致使翻译理论缺乏本应具有的实践意义。目前，传统翻译理论研究者亟须改变思维方式，立足于中国翻译实际，同时吸取西方翻译理论的精华，发展自身的优势，力争形成原创性成果，只有这样才能使中国翻译研究走上良性发展的道路。

从梳理上述中西方翻译发展历程的过程中，可以看出，中西翻译理论虽然有某些相似性，但在数量、发展时期与理论深度上仍存在极大的差别。这些差别源于中西方不同的社会文化现实。出于不同的哲学

① 刘宓庆:《新编当代翻译理论》，中国对外翻译出版公司2005年版，第viii页。

思想，中国翻译理论家注重文学作品和译作的道德与审美价值，而西方的理性思维模式更加注重理论的系统性，中西人文精神和科学精神的不同理论传统造成了中国的感性标准和西方的理性分析之间的差异。中国翻译标准的局限带来的问题是基本概念混淆不清、标准固定单一和研究视野狭窄。然而，西方翻译标准则表现出多样化的途径，且有着更系统更科学的分析。相比而言，中国翻译理论浅显，而且在研究范围上也非常局限，传统翻译理论家多将注意力放在翻译的语言层面，即直译与意译的方法或译者的语言能力与技巧等。中西翻译标准的异同决定了中国文学在外译过程中必将遇到评价标准不同的问题。而造成这种局面的一个主要原因就是中西语言的巨大差异所致的翻译困难。另外，中国学者的学术与思维传统重技轻道，即讲究理论的实用性而疏于细致论证。西方翻译理论则与之相反，自 20 世纪 60 年代起就有了理论和学科意识，从而进入了翻译研究的理性发展阶段，一大批翻译理论家自觉地将翻译理论融入翻译批评的研究。在这种情况下，学习西方翻译理论的优势和长处，弥补中国翻译理论的不足，从而为创建符合中国翻译现状的理论构建打好基础，已经成为中国翻译研究的当务之急。

第二节　西方文化翻译与中国译介学的结合

如果说“翻译是文化之间进行交流的媒介”[①]，那么翻译理论在不同

---

① 孙会军：《翻译与文化“杂合”》，载《外语教学与研究》，2003 年第 4 期，第 300 页。

文化之间的交流也会起到媒介作用，各国翻译理论家在相互借鉴、取长补短的同时，共同促进国际翻译研究的整体良性发展。中国的译介学就是在这种开放、包容的交流和沟通中建立和发展的。

一、译介学：中国翻译史上的文化转向

谢天振在 1999 年出版的《译介学》中指出："就研究的对象来看，译介学主要是指文学翻译、翻译文学以及文化层面的翻译研究。"[①] 通过译介学在中国的发展，我们了解到，由于文学作品在国外传播时已被转变为译作，译者实际上就是第二作者，翻译就是对文本的再创作，其翻译的水平高低对原文在另一种语言中所呈现的面貌有较大影响。鉴于此，中国文学在西方的传播主要面临语言和文化的双重障碍。由于比较文学作为一门学科在中国的发展仅有三四十年的历史，正处在蓬勃发展的阶段，所以中国学者对巴斯奈特的"比较文学已死论"和"翻译研究将取代比较文学研究"的观点，大多持批判态度，认为这种观点没有表明翻译研究的学科地位，巴斯奈特并没有厘清，翻译研究是一门独立的学科还是比较文学研究的一个分支。[②] 我国比较文学的鼻祖乐黛云先生就曾经表示翻译永远是比较文学学科的一个十分重要的有机组成部分，巴斯奈特所说的颠倒永远都不会出现。[③] 西方翻译研究"文化转向"的发起人巴斯奈特和勒菲弗尔在其学术观点形成时期，对中国的文学翻译现状与发展知之甚少。但在中国学者黄德先翻译的巴斯奈特在 2006 年发表的《21 世纪比较文学反思》一文中提及中国向西

---

① 谢天振：《译介学》，上海外语教育出版社 1999 年版，第 2 页。

② 谢天振：《启迪与冲击——论翻译研究的最新进展与比较文学的学科困惑》，载《中国比较文学》，1997 年第 1 期，第 1 页。

③ 乐黛云：《比较文学简明教程》，北京大学出版社 2003 年版，第 130 页。

方开放之后，翻译为其与世界其他国家进行的交流起了重要作用。[①] 在2009年黄德先与巴斯奈特的访谈中，巴斯奈特对比较文学的发展又有了新的认识，她不无遗憾地意识到比较文学和翻译研究的形势都与以往发生了变化。她之前的那些观点反而把那些自认为搞翻译研究的学者孤立起来，并没有为翻译学科带来多大发展。她竟然表示那些引用韦努蒂、勒菲弗尔和她本人以及其他文化派学者言论的文章，皆无新意，后来的学者所做的个案研究缺乏理论化，并没有带动这个学科的良性发展。巴斯奈特认为，西方国家翻译研究向前大步发展的时代并没有到来。据她推测，这种跨越恰恰可能发生在中国、印度等发展中国家，能够使之发生的也只能是“积极参与多语文本与世界文学研究的学者”[②]。不可否认，巴斯奈特的这一预言已经成为现实。

改革开放之后，中国与世界其他各国在文化、贸易方面的交流增多，由此带来的对文学交流的需要极大地带动了比较文学和翻译研究在中国的发展。中国传统翻译界长期以来在“西学东渐”的翻译实践活动中，存在一种非常明显的实用主义倾向，片面强调翻译研究的实践性和翻译实践对理论概括的意义，甚至有对翻译理论探讨和理论建设持排斥态度的倾向。在这种情况下，译介学的产生则顺应了时代发展的潮流，接过了翻译研究在中国“文化转向”的大旗，提高了现有翻译研究者的理论素养和问题意识，促进了中国翻译学的良性发展。可以说，译介学影响和改变了当代中国翻译学的进程和发展方向。

---

① ［英］苏珊·巴斯奈特:《二十一世纪比较文学反思》，黄德先译，载《中国比较文学》，2008年第4期，第6页。

② ［英］苏珊·巴斯奈特、黄德先:《翻译研究与比较文学的未来——苏珊·巴斯奈特访谈》，载《中国比较文学》，2008年第4期，第15页。

二、译介学与中国传统翻译理论的冲突

中国传统翻译理论无论从严复的“信、达、雅”，鲁迅的“宁信而不顺”，还是钱钟书的“化境说”，实质上绝大部分还是基于语言层面的研究，一直在着力解决“怎么译”的问题。译介学的创始人谢天振曾经在2003年指出把单纯的理论研究与具体的实践指导混为一谈，从而认为翻译质量的好坏与翻译理论运用有直接关系，这正是我国从事翻译事业的工作者们在翻译学理论认识上的一个极大的误区。这种情况进一步表明，“在我国翻译界严格意义上的译学意识还没有真正确立，我们的翻译研究尤其是译学研究还不够成熟”①。

在语言学层面，翻译通常指语码之间的转换（code switching），是译者将作品由一种语言转换成另一种语言的转换过程。近年来，中国学者创建的译介学（Medio-translatology）已逐渐发展成一门新兴的学科，它关注的焦点在于“两种文化转换中的语言媒介，故被称作“译介学”②。这一理论的建立可以说是中国翻译理论界对国际翻译研究所做出的新贡献。

翻译学学者廖七一指出由于在英语世界并没有能与“译介学”这一词相对应的英文术语，谢天振教授不得不杜撰“Medio-translatology”这一词来作为它的英文表达。西方学术界至今也没有与译介学理论相关的专著问世。③其实，这正反映了中国学者的独创精神。为什么只有在西方得到承认的理论才是成立的、正确的、合格的理论？这不直接

---

① 谢天振：《论译学观念现代化》，载《外国语言文学研究》，2003年第3期，第44页。

② 张宁：《比较文学“译介学”的性质及其对象》，载《学术月刊》，2007年第8期，第113页。

③ 廖七一：《论谢天振教授的翻译研究观》，载《渤海大学学报（哲学社会科学版）》，2008年第2期，第47页。

显露出有些中国学者对自己国家学术理论建设的一种严重不自信吗？在西方翻译理论学者不了解中国翻译界的具体情况，而且绝大多数西方学者没有掌握汉语的情况下，适合中国翻译界实际情况的翻译理论怎么可能在西方由他国学者提出！有学者对于译介学的学科归属问题提出质疑，认为在比较文学学科之下建立的译介学否定了译本研究派即翻译研究文化转向三十多年来的成果，这从根本上违背了西方学者的本意，使西方学者所有的努力付之东流，“因此西方注定不会出现译介学的称谓”①。这些学者应该是忘记了中西比较文学发展的轨迹完全不同，从比较文学在整个西方的发展来看，欧洲中心论和英语的强势话语权使比较文学的发展走入困境，比较文学确实曾经面临危机，但比较文学在发展中国家欣欣向荣也是不争的事实。中国学者对西方翻译评论的追随，某种程度上也导致中国自身翻译理论的荒芜。虽然廖七一认为谢天振教授杜撰术语“Medio-translatology”有些尴尬，但他最后还是承认谢天振教授始终站在中国当代译学研究的前沿。尽管受到一些非议，但谢天振教授敢于挑战传统的精神深深影响了中国新一代翻译研究者。在翻译理论的宏观建构和学科蒸蒸日上的发展中，谢天振教授所具有的非同寻常的胆识与勇气，使他成为“翻译学科的规划大师”②。

但是，国内老一辈翻译家们却对译介学的创立展示出前所未有的激烈反对。作为1995年“彩虹文学翻译终身成就奖”外译中唯一得主的翻译家江枫在2011年9月也获得了“翻译文化终身成就奖”，他对谢

---

① 王富：《外延的互逆——“译介学”概念植入的尴尬与反思》，载《社会科学战线》，2009年第12期，第147页。

② 廖七一：《论谢天振教授的翻译研究观》，载《渤海大学学报（哲学社会科学版）》，2008年第2期，第52页。

天振教授建立的译介学持批评态度。他的《对一种伪翻译学反思的反思——江枫答谢天振先生的“恭维”》对谢天振教授的学术观点进行了否定。曾在2010年获得由中国翻译协会颁发的“翻译文化终身成就奖”，并在2014年获得国际翻译界最高奖项之一的“北极光”杰出文学翻译奖的翻译家许渊冲，也曾对中国翻译学理论与实践的关系问题与国内翻译理论家进行过激烈的论战，并表示翻译家不会因为掌握了某个翻译理论，其翻译水平就一定有所提升，“翻译理论与译作的质量并没有必然的关系”①。从王向远的专著《中国文学翻译九大论争》(2007)中可以看出在中国翻译界这场长达十余年之久的论争中，相当长的一段时间里谢天振教授几乎都是在孤军奋战。传统翻译家尽管相互之间对对方的翻译观也经常进行反驳与激辩，但面对译介学他们却一致表现出批判的态度。廖七一就曾指出在我国翻译界有不少老一辈翻译家颇以自己几十年来译出的作品为豪，对翻译理论却并没有进行深入研究。他们认为那些翻译理论研究者缺少大量的翻译实践的积累，根本没有发言权。在这场论战中，传统翻译界翻译家们的译学观念仍然停留在几十年、甚至几百年以前，但时代在发展，当代的翻译研究所处的文化语境已经发生了根本性的变化，不但其内涵在变化，翻译研究者的队伍也在迅速更新。

当前，在比较文学分支下建立起来的译介学对中国现行的翻译批评模式存在的问题提出了挑战。首先，原文的权威地位遭到解构与质疑。其次，译介学理论的发展对传统批评形成了强烈冲击。最后，受到文化因素的制约，评价翻译的方式不可能单一化。传统批评模式因缺乏理论系统性，在实际运用中缺乏有效性。针对中国传统翻译理论系统

① 许渊冲:《关于翻译学的论战》，载《外语与外语教学》，2001年第11期，第19页。

的缺失，译介学吸取西方翻译理论的长处，构建起一套新的理论框架，形成一个新的理论系统，并纳入比较文学的学科理论体系。由于比较文学的本体研究仍然是文学研究，所以在译介学发展的同时，文学翻译及翻译文学的地位也得到了提高。

谢天振教授撰文呼吁并鼓励更多的学者加入译介学的队伍。培养一批有理论意识、问题意识、能形成自己独立见解的理论研究者已经成为译介学发展的当务之急。只有能全身心投入中国翻译学学科建设的人才队伍被建立起来，中国的翻译学科才会有长足的发展。不可否认，20 世纪以来，西方人文学科无论是文学作品还是学术理论都领先于中国。中国古代文论，如《文心雕龙》等，至今没有实现现代转换，很难被当代学者应用于现今的文学批评实践。西方文学和批评理论对中国文学创作与批评实践产生了巨大影响，然而中国现当代文学与理论批评所处的被动地位终有一天会在中国理论家们孜孜不倦的努力下而发生改变，不难想象在 21 世纪，中国学者提出的批评理论将会在国际学界产生重要影响。

三、文化转向与全球化

由于 20 世纪英美国家在世界经济与政治方面的巨大影响力，英语的话语权在 20 世纪末达到最高点。在当今全球化时代，英语一直以一种强势语言的姿态在向弱小的民族、国家入侵，一些第三世界国家，甚至包括一些发达的欧洲国家的人为了与世界的交流和“接轨”更加便利，花费大量的精力和时间来学习英语，如北欧国家的英语普及率就非常高。所以，有人会误以为在全世界的人们都学习英语的时代，翻译将不再被需要，翻译的功能将会消失。这个问题看似简单实则很复杂，因为全球语言的发展处在一个动态的环境中，英语的话语权在全球语境中不会是一成不变的。正如我国著名比较文学学者王宁所说："在这个全球化的时代，翻译的作用不但不会削弱，反而会变得越来越重要。"[①] 因为随着中国国力的提高，汉语在世界上的话语权也在逐年提高。目前有报道称全球经济前景报告预计"中国在2050年将成为全球最大经济体"。[②] 这在某种程度上预言了英语的话语权在全球化过程中的中心地位将被汉语取代。所以在翻译学研究中，研究者的思维也需要随着时代的发展而进行转变。源语国家的文学对译入语国家文学之所以能够产生影响，在很大程度上是由于译入语国家读者在阅读过程中对源语国家文学的主动接受和创造性阐释。

在美国后殖民思想家爱德华·萨义德（Edward Said）的《理论旅行》（"Travelling Theory"）（1983）和《再议理论旅行》（"Travelling Theory Revisited"）（1994）这两篇文章中，他在匈牙利西方马克思主义学者乔治·卢卡奇（Georg Lukacs）的基础上，论证了理论在历史时间和地理空间中穿越时，在受到具体的社会政治文化影响之后，低调弱化和激进强化的过程是如何形成的，从而提出了理论跨界旅行的批评实践观。中国实行改革开放以来，各种西方理论思潮蜂拥而至，致使有着自己独立人文传统的中国当代文学批评发生了深刻的变化。20世纪以来单方面的"理论的旅行"显示了东西方批评理论发展的不均衡性。理论由西向东旅行则会变得激进强化，受到重视，然而，由东向西的理论旅行往往会遭到低调弱化处理。在21世纪，东西方理论的双向旅行和

---

① 王宁：《翻译的文化建构和文化研究的翻译学转向》，载《中国翻译》，2005年第6期，第5页。

② zengyan：《2050年全球经济前景报告正式出炉　中国将成最大经济体》，http://finance.chinairn.com/News/2017/02/07/170021276.html（访问时间：2017年2月7日）。

交流才是当前全球化时代比较文学研究较为理想的范式。

中国翻译学者在机遇面前同样也面临着来自多方面的挑战，尤其是在长期以来被压抑的、以西方理论马首是瞻的中国学术界。实际上，翻译研究中出现“文化转向”绝非偶然，它与全球化之于文化和文学的作用有着密切的关系。“文化转向”从西方到东方的迅速崛起为比较文学提供了一个绝佳的、独特的视角，通过分析和阐释当代各种前所未有的翻译现象，中国学者创建了译介学这一学科，并基于中国翻译现状提出了一系列的相关理论和一些积极的措施，从而促使其与西方理论达到共存乃至双向互补的境地。

这样，在跨文化视域下西方翻译研究与中国译介学研究之间的关系，就不是一种非此即彼的对立关系，而是一种共存和共融的合作关系。比较文学和文化研究学者都十分关注翻译，带着同样的目的走到一起的学者们必将共同推进翻译研究“文化转向”的发展。王宁曾经说过：“中国现代文学传统的形成在很大程度上得助于翻译的中介，或者说是一种文化翻译的必然产物。”[①] 因此，全球化时代的翻译研究必定是跨文化和跨学科的，任何跨文化的研究也都离不开翻译的中介，这能够使文学研究真正成为一种全方位和立体式的研究。“文学疆界也是一种文化认同。”[②] 在全球化的语境下，文学的疆界越来越大，许多在过去被认为不属于文学的事物今天已经逐渐进入了文学的殿堂，例如，2016 年诺贝尔文学奖竟然令人大跌眼镜地颁给了美国摇滚、乡村音乐艺术家鲍勃·迪伦（Bob Dylan），以表彰其“在美国歌曲传统形式之上开创了

---

① 王宁：《文化翻译与经典阐释》，中华书局 2006 年版，第 12 页。

② 綦天柱、胡铁生：《文学疆界中的社会变迁与人的心理结构——以诺贝尔文学奖获得者福克纳和莫言的文学疆界为例》，载《社会科学家》，2015 年第 8 期，第 127 页。

以诗歌传情达意的新表现手法”①，让人禁不住怀疑以后诺贝尔文学奖是否还会颁发给翻译家、文学编辑、出版家或影视导演，等等。可以说，文学疆域的极速扩张受电子信息技术的发展，不仅使翻译研究发生了根本的变化，文化研究也在多方位发展。这为中国学者紧跟时代发展的步伐，充满信心做出努力创造了契机。

第三节 翻译研究文化转向的代表人物

20世纪90年代，当代英国著名比较文学学者、翻译理论家、文学评论家苏珊·巴斯奈特，已故比利时裔美籍比较文学学者、翻译理论家安德烈·勒菲弗尔和当代美国翻译理论家劳伦斯·韦努蒂等人明确提出了翻译研究的文化观。他们提出的一系列相关问题不但促进了翻译研究中文化意识的普遍觉醒，同时也开阔了翻译研究者的视野，赋予翻译研究以语言之外的历史与文化维度。在此影响下，谢天振作为译介学的创始人，在中国带领比较文学界和翻译界的学者进行了翻译研究的文化转向。中西方学者的文化意识共同觉醒为文化翻译观的逐步建立起到了不可估量的作用，他们将翻译理论研究推向了新的高度，形成了翻译理论研究发展过程中具有深远意义的、全球化的“文化转向”。

当代文化学派的翻译研究深受20世纪前半期德国最为重要的思想家、翻译家瓦尔特·本雅明（Walter Benjamin）和20世纪后半期

① 郑文静：《写歌也能拿诺奖 2016年诺贝尔文学奖授予鲍勃·迪伦》，http://culture.people.com.cn/n1/2016/1014/c22219-28778182.html（访问时间：2016年10月14日）。

法国最重要的思想家、解构主义理论家雅克·德里达的影响。本雅明在1923年写就的那篇著名的论文《译者的任务》(“The Task of the Translator”)和德里达的解构理论为文化翻译在理论上铺平了道路。他们对文化翻译最大的贡献就是解构了所谓的“忠实”，即文化本真性。本雅明认为翻译不只是向读者提供原文的信息内容，或是译文的意义，翻译是原文文本的再生(afterlife)，赋予原文以“生命的延续”[①]。翻译既有自己的独立性，又通过可译性与原著保持密切的联系。本雅明认为在所有语言之上存在着一种“纯语言”，“正是它决定了诸多语言之间的亲族关系，也保证了文学作品的可译性”。[②]“纯语言”被本雅明认为是最高级别的语言，是理想的完整语言。“纯语言”存在于各种具体的语言之中。翻译不是把外语转换成自己的母语，而是让外语彻底异化为我们自己的语言，从而彰显“纯语言”的内涵，这就是语言的“生命之延续”[③]。在德里达的那篇同样晦涩难懂的，但又使他名声鹊起的论文《人文科学话语中的结构、符号与游戏》(“Structure, Sign and Play in the Discourse of the Human Sciences”，1966)中，他“彻底颠覆了语音与文字、能指与所指、本质与现象、在场与缺席等一系列二元对立的关系”[④]。他解构了传统的文本阐释方法，即不将文本视为一个整体，而是从文本中抽取某个边缘性的片段，并抓住文本中的异质性成分，将其放到一个至关重要的位置，从而向传统思想文化发起挑战。

文化学派正是在本雅明和德里达的影响之下逐渐发展起来的。巴

---

① 关于afterlife一词的翻译有很多种版本，像“持续的生命”、“后世的生命”等，在这里笔者采取的是丹麦汉学家Denise Gimpel的译法。

② 杨冬:《文学理论——从柏拉图到德里达》，北京大学出版社2009年版，第431页。

③ [丹麦]丹尼斯·金普尔等:《跨文化交流和翻译研究——论将一国的过去经验转换到另一国的将来语境的困境》，载《黑龙江社会科学》，2016年第3期，第23页。

④ 杨冬:《文学理论——从柏拉图到德里达》，北京大学出版社2015年版，第583页。

斯奈特作为翻译理论研究“文化转向”的领军人物，为了回应霍姆斯的那篇著名的文章《翻译研究的名与实》（“The Name and Nature of Translation Studies”），在其著作《翻译研究》（*Translation Studies*，1980）中指出，翻译的过程是源语文本和译语文本之间文化观念进行转码的过程。勒菲弗尔是从比较文学角度进入翻译研究的主要代表人物之一。他在其三部著作《翻译改写和文学名声的操控》（*Translation Rewriting and the Manipulation of Literary Fame*，1992）、《翻译文学：比较文学语境下的实践和理论》（*Translating Literature：Practice and Theory in a Comparative Literature Context*，1993）以及与巴斯奈特合著的《文化的建构：文学翻译论文集》（*Constructing Cultures: Essays on Literary Translation*，1998）中曾先后提出翻译是对原作改写的观点。韦努蒂在《译者的隐身》（*The Translator's Invisibility: A History of Translation*, 1995）中重点阐述了归化与异化两种翻译途径，强调了归化翻译、后殖民主义与文化侵略之间的关系。韦努蒂提出应该让隐身的译者在译著中出场、现身，从而提高译者的主体性地位。谢天振作为中国译介学的创始人，其著作《译介学》是中国首部从理论上论证创造性叛逆和翻译文学的归属等译介学研究的专著。谢天振是中国最早提出翻译研究文化转向的学者之一。

可以看出，中国当代翻译理论是在西方学者的影响下逐步建立起来的。从分析西方翻译理论中在当前影响力最大的文化学派代表人物的主要观点，再到中国翻译研究中文化转向的代表人物的主要观点，文化转向从西向东的全球化走向便清晰可见。这种按照时间顺序和地理方位进行的梳理可以很好地为文化转向之后文学研究和翻译研究的发展走向做出预测，以期为中国文学翻译的未来发展找准方向。

一、苏珊·巴斯奈特的比较文学已死论

在 1980 年，巴斯奈特出版了代表作《翻译研究》(*Translation Studies*)。在这本具有巨大影响力的著作中，巴斯奈特构建了翻译研究的学科框架，回顾了以往翻译研究已经取得的成绩，并为翻译研究未来的发展提出了方向性的建议。翻译就其本质而言是一种跨文化的交流活动，其并非仅仅是不同民族语言之间相互沟通理解的方式，而且是不同文化和文明之间相互沟通理解的方式。翻译有助于文化多样性的全面发展，而文化多样性的发展有利于加强世界和平文化的建设。巴斯奈特认为，"译者的任务不仅是在语言上再现原作，还要对译入语文化的建构做出自己的贡献"①。这可以被看成是文化学派翻译研究者的一个重要使命。《翻译研究》分别于 1991 年和 2002 年两次重新修订，并再版多次，此书在出版后的近四十年内，成为世界翻译研究学者的必读书目和翻译研究领域的重要文献。

1990 年，在巴斯奈特与勒弗菲尔合编的《翻译、历史与文化》(*Translation, History and Culture: A Source Book*，1990)论文集中，他们共同提出了文化翻译观的思想，她认为"翻译应以文化作为翻译的单位而不是停留在以前的语篇之上"②。在译语文化中没有相对应的民俗，找不到相对等的指称符号时，译者在翻译过程中就要找到类似的、相近的书写符号和观念去"转码"。翻译的过程是源语文本和译语文本之间的文化观念进行转码的过程。论文集中谈到了翻译与历史、权力、

---

① Susan Bassnett，*Translation Studies* (revised edition)，London and New York: Routledge，1991, p.14.

② Susan Bassnett and Andre Lefevere, *Translation, History and Culture:A Source Book*, London and New York: Routledge，1992, p.8.

意识形态、诗学等因素的关系问题，以及他们二位从女性主义研究、后殖民主义研究和大众传媒研究等角度对翻译进行的考察。巴斯奈特和勒菲弗尔共同为该论文集撰写了一篇著名的导言，即《导言：普鲁斯特的外祖母与一千零一夜：翻译研究的"文化转向"》("Introduction: Proust's Grandmother and the Thousand and One Nights: The 'Cultural Turn' in Translation Studies")，导言中普鲁斯特的外祖母对待翻译的态度引发了研究者们对翻译的"忠实""对等"等诸多问题的深入思考。他们在导言中借用了霍恩比"文化导向性方式"（culturally oriented approach）的概念并将其提炼为"文化转向"（cultural turn）。这篇导言如今被翻译研究界普遍视为翻译研究正式进行"文化转向"的宣言书。[①] 该论文集以及这篇导言对国际译学界产生了重大影响。巴斯奈特和勒菲弗尔第一次正式提出翻译研究"文化转向"的总体趋势，使从事翻译研究的学者们备受启发和鼓舞，由此开始了翻译研究的突破性进展，并最终形成了国际翻译理论界的另一学派，即文化学派。

在《比较文学——批评性导论》(*Comparative Literature: A Critical Introduction*, 1993）中，巴斯奈特提出了"比较文学已死"的命题，她在书中宣布："比较文学作为一门学科已经过时了。女性研究、后殖民理论和文化研究领域的跨文化研究，已经从整体上改变了文学研究的面貌。从现在起，我们应当把翻译研究视作一门主导学科，而比较文学只不过是它下属的一个有价值的研究领域而已。"[②] 她的言论在当时的比较文学界引起了轩然大波，被很多学者认为过于偏激。王宁认为尽

① 罗承丽：《操纵与构建：苏珊·巴斯奈特"文化翻译"思想研究》，北京语言大学博士论文，2009年，第3页。

② Susan Bassnett, *Comparative Literature: A Critical Introduction*, Oxford: Wiley-Blackwell, 1993, p.161.

管巴斯奈特的言论有些偏激，但她在对比较文学学科进行了历史追溯的基础上，抱着务实的态度，从比较文学的角度干预了翻译研究，还明确提出了对传统比较文学学科的解构和对翻译研究学科的建构。巴斯奈特呼吁比较文学学者的兴趣应该转移到翻译研究领域中来。她的这些思想进一步巩固了翻译作为一门独立学科的学科地位。

《文化构建——文学翻译论集》（*Constructing Cultures: Essays on Literary Translation*）是在1998年由巴斯奈特和勒菲弗尔共同撰写的一本著作。此书共收录了两位作者的八篇论文。在序言部分，巴斯奈特和勒菲弗尔回顾了自1978年以来的翻译发展。他们认为，翻译研究者在促进不同文化之间的交流中起到了重要的纽带和桥梁作用，研究翻译作品在一定程度上就是在研究不同文化是如何进行相互作用的。此外，他们又提出了一些有待今后进一步研究的新课题，其中包括翻译史的研究、后殖民主义翻译学派的研究，等等。正如巴斯奈特和勒菲弗尔在书中所论述的："翻译研究实际就是文化互动的研究。"[①]巴斯奈特在第二章中指出在同一文化的不同发展阶段也存在着翻译，例如，古英语的作品如果想要被现代人理解，就要翻译成现代英语。如此看来，作者或译者和读者之间似乎存在某种"共谋"（collusion）。这本书不仅对从事翻译研究的学者有直接帮助，而且对从事文化、文学理论、人类学、心理语言学、语言哲学等领域研究的学者亦有借鉴和启发作用。

正当翻译研究的"文化转向"发展得如火如荼之时，2006年巴斯奈特在《比较批评研究》（*Comparative Critical Studies*）丛刊第三卷第1—2期上发表了一篇题为《二十一世纪比较文学反思》（"Reflections on Comparative Literature in the Twenty-First Century"）的文章，令人意外的

① Susan Bassnett and Andre Lefevere, *Constructing Cultures: Essays on Literary Translation*, Shanghai: Shanghai Foreign Language and Education Press, 2001, p.5.

是，她坦诚地对自己之前在学术界引起巨大争议并产生重大影响的论断进行了自我批判。在文中，她一改过去鲜明的立场，宣称她当年写《比较文学：批评性导论》一书的主要动机："一是要宣布比较文学的死亡，一是要提升翻译研究的形象。"[①] 当年轰动一时的主张在别国的影响力还未消退，睿智的巴斯奈特却已然意识到之前所表达观点的错误根源，因为无论怎样呼吁，翻译研究在过去 30 年里的发展并没有达到她的预期，译文与原文之间的对比依然是翻译研究的核心。基于丰富修养的积淀，她敢于对自己进行自我批判和否定，并承认若是重写《比较文学——批评性导论》这本书，她会宣称比较文学和翻译研究都不应该被看作是独立学科，它们都只是研究文学的方法而已，比较文学自身的危机是由于其方法论过于具有规定性和文化特殊性。可见，从 1993 年到 2006 年，在短短的 13 年间，翻译研究和比较文学的发展并未符合巴斯奈特当年的预言，她的学术观点虽然有很大的波动，但整体上已经给国际比较文学界和翻译界带来了深远的影响。巴斯奈特把翻译研究与文化研究紧密结合起来，把翻译研究放在一个更为广阔的历史的、文化的维度来加以探讨，而且她特别注重跨学科的研究。在文化转向前她的文化翻译观集中体现在文化功能对等论，而她在这一阶段倡导的归化翻译策略还未上升到政治层面的高度。后殖民语境下，针对韦努蒂的异化翻译，巴斯奈特给予了有力的回应和支持，并推崇霍米·巴巴的杂糅理论和第三空间理论作为翻译策略。作为文化翻译观的领军人物，苏珊·巴斯奈特的这些观点对评价葛浩文的译作和正确理解其翻译观大有裨益。对巴斯奈特翻译思想各个发展时期的观点进行梳理对当今重新确立翻译标准极为必要。

---

① ［英］苏珊·巴斯奈特：《二十一世纪比较文学反思》，黄德先译，载《中国比较文学》，2008 年第 4 期，第 6 页。

二、安德烈·勒菲弗尔的操控论

20世纪80年代，安德烈·勒菲弗尔提出的改写理论前所未有地对翻译活动中的意识形态、诗学与赞助人等因素进行了深入分析，被誉为操纵学派的代表人物之一。20世纪90年代，他与苏珊·巴斯奈特一起提出了在文化层面进行翻译研究的观点，颠覆了以往翻译理论的原有指向，推动了翻译研究的"文化转向"。因此，研究勒菲弗尔翻译理论之于翻译研究发展的巨大意义，对全面掌握20世纪西方翻译理论思想史具有指导性意义。

早在1985年勒菲弗尔就首次提出了"改写"的概念。他认为"翻译是对原文的改写，改写即操纵"①。所谓的改写，实际上是受到译入语文化的诗学、文学观念和意识形态等因素的制约，勒菲弗尔还进一步提出"改写或翻译也是一种文学创作，可以引入新的文学概念、新的文体形式及新的文学工具，带来文学革新，催生新文化、新思想，进而促进文学发展、推动社会进步"②。例如，对中国古代诗歌情有独钟的美国诗人庞德（Ezra Pound）就把翻译看作是创作。中国读者在阅读他翻译的中国古典诗集 *Cathay*（《华夏集》）时，完全可以感觉到与其说庞德在翻译一首诗，不如说他是在创作一首新诗。由于不懂汉语，而从日语转译，庞德在翻译中国诗歌时，并没与对原诗进行忠实翻译，而强调对原诗节奏、意象和氛围的展现，这对美国流行一时的意象派诗歌的起源及发展起到很大的推动作用。

1992年，勒菲弗尔在《翻译、改写及对文学名声的制控》（*Translation,*

---

① Susan Bassnett and André Lefevere, *Translation*, *History and Culture: A Source Book*, London and New York: Routledge, 1992, p. xii.

② Susan Bassnett and André Lefevere, *Translation*, *History and Culture: A Source Book*, London and New York: Routledge, 1992, p. xii.

Rewriting, and the Manipulation of Literary Fame）中着重讨论了影响翻译的三个因素：意识形态、诗学和赞助人。

一般认为意识形态仅仅跟政治密切相关，但实际上它与文化也密不可分。“文化是一个大概念，在这个大概念之下包含政治文化和文学意识形态的下属概念。”①勒菲弗尔认为，“意识形态并不局限于政治领域，它还包括规范、制约我们行为的种种模式、传统和信仰”②。因此，意识形态的概念范畴应该包括个人以及由个人组成的集体对世界和社会的看法与见解的总和，涉及文学、哲学、政治、艺术、宗教，甚至包括科学技术在内的诸多领域。

诗学的概念指的是文学系统中的行为准则或者说文学观念。在某一社会中处在主流地位的诗学以一定的方式发生作用，并以此操控文学。因此，所有的改写均反映某种意识形态和某种诗学，反过来说，这种意识形态和诗学必然又会作用于改写。由于改写是由译者来承担，那么，译者必然受意识形态和主流诗学的制约，其在翻译过程中选取翻译策略时，这种影响得以显现，最终实现对文学的操控，使文学在社会中发挥预期的功能和作用。中华人民共和国成立初期，中苏建交时期大量苏联文学作品译入中国，并对中国文学产生影响，就是诗学的功能性要素同诗学以外的意识形态紧密关联的极好例证。翻译对文学的操控也从20世纪英国作家劳伦斯（D.H. Lawrence）的作品在多国的接受情况中得以体现。《查泰来夫人的情人》（*Lady Chatterley's Lover*）这部小说1986年才被首次翻译成汉语，在其后又有十几个不同的翻译

---

① 胡铁生、周光辉：《作家的社会责任与政治使命——莫言小说的文化软实力研究》，载《社会科学家》，2013年第3期，第5页。

② Susan Bassnett and André Lefevere, *Translation, History and Culture: A Source Book*, London and New York: Routledge, 1992, p. xii.

版本出现，因语言露骨而被删除或隐晦处理的句子和段落被翻译得越来越接近原文。可以看出，那些曾受到抵制的作品也可能随着诗学的改变而重新被奉为经典。这三大系统的提出，不仅体现了勒菲弗尔翻译理论的独创性，也为后来文化学派系统理论的形成奠定了基础。

赞助人指翻译发起人，赞助人系统由文学系统内的专业人士，如编辑、出版商和文学评论家，与文学系统外的权力持有者或权力机构如政府部门或出版机构组成。然而，在赞助人多样化的系统中，不同的文学观念相互竞争，试图控制整个系统中的其他文学观念，从而使其自身占据主动地位。勒菲弗尔敏锐地察觉到来自文学系统内部和外部的两股力量在翻译过程中的这种抗衡。文学系统内部的专业人士通过其所处的特定时期的社会中的主流诗学对翻译活动和译者进行干预，衡量翻译作品的优劣，从而影响译者的决策能力。相反，文学系统之外的权力持有者或权力机构则在意识形态层面对翻译进行操控，试图通过控制文学系统与其他系统间的关系，来达到文学翻译作品与社会主流意识形态间的高度统一，实现使文学翻译作品为权力持有者或权力机构的利益服务的最终目的。

中国著名翻译家朱生豪在抗日战争时期，顺应中国的意识形态和诗学风格翻译了《莎士比亚戏剧全集》，不仅他的翻译被中国莎学界极为推崇，他本人也因此成为莎士比亚戏剧众多译者之中最杰出的一位。

在文化互动的观点下研究翻译的进展，可以说是从另一个层面阐释了翻译的改写作用。目的语文化对译者及翻译作品的影响之大在这些以往的翻译作品中均有所体现。源语文化与目的语文化间持续的动态关系赋予译者以特殊的灵感，这就是勒菲弗尔将目的语文化作为研究重点的关键所在。翻译是一种文化与另一种文化较量与妥协的过程，也是一种文化对另一种文化的改写甚至重塑。丹麦英籍跨文化研究学者、中国文学专家丹尼斯·金普尔（Denise Gimpel）认为，“空间内有创造力的文化互动能够反映出对文化交流双方的理解并发掘出文化交流的无尽潜力”[①]。因此，翻译的过程就是文化互动的过程，翻译的历史也可以被看作不同文化相互磨合的历史。

综上所述，勒菲弗尔高瞻远瞩地从宏观上探讨了“他者”在翻译历史上的重要作用。勒菲弗尔的研究从操纵、意识形态、诗学、权力话语等方面大大拓宽了翻译研究的文化视野。他的主要贡献在于其观点拓宽并加深了人文学科学术研究的广度和深度。因此，翻译应当在人类文化历史中占据比现在更重要的地位。同时，通过运用大量个案充分说明勒菲弗尔的翻译思想是20世纪后期最重要、最具有原创性的思想。由于他的思想及著作，翻译研究的文化学派成功地实现了文化转向。

三、劳伦斯·韦努蒂的归化与异化论

美籍意大利裔翻译家韦努蒂的翻译理论深受西方批评话语、解构主义理论、后结构主义理论的影响。他运用跨学科的一系列新概念、方法和策略，来分析和阐释西方翻译理论。在继承传统西方人文学科思辨的同时，孜孜以求地吸取近年来文化研究的理论精华，创建出独树一帜的翻译理论。其中，影响力最大的是他对归化与异化翻译策略的阐释。

在韦努蒂最为重要的著作《译者的隐身》（*The Translator's Invisibility: A History of Translation*，1995）中，他在对17世纪以来的西方翻译理论

---

① ［丹麦］丹尼斯·金普尔、张喜华：《改变如何发生？——一种不同的文化研究方法的建议》，载《社会科学辑刊》，2014年第6期，第76页。

与实践进行全面考察之后，揭示了“流畅”的翻译策略在西方翻译实践中长达300多年占据主导地位的现象，它早已成为英语文学中翻译外国文学经典的主要方法。长期以来，英美文学界在阅读、评论翻译来自外国的作品时，出版商、读者及评论家把“流畅”作为衡量译文的首要标准，他们按照评价本国原创作品的标准来评价翻译作品。如此一来，译文中体现外国语言与文化的特色被涤荡无存，原文的风格也消失殆尽，在词语选择和句式表达上与目的语完全趋同，几乎没有留下翻译的痕迹。有一些美国学者曾就美国读者对翻译作品的这种近乎偏执的接受情况评论道，读者们仍然将“译者隐身”作为评判翻译的标准，对他们来说，成功的翻译被定义为：“透明到以至于看上去根本不像是外国作品的翻译。”[①] 由此可见，追求向自身文化靠拢的“准确性”“可读性”与“可接受性”的“归化式”文学翻译，仍然是西方文学读者的主流期待。

归化是在翻译过程中将外国文本转换为目的语语言和价值标准的做法，被韦努蒂称为是种族中心主义的翻译策略；然而，异化则体现出“将读者带到异国他乡”的多元文化价值观。在翻译界讨论已久的“归化”与“异化”之争，其实是价值立场和道德判断问题。翻译策略的选取看似一种非此即彼的选择，但却与译者自身的文化立场有隐秘的关系。作为美国籍的意大利语翻译家，韦努蒂就对归化式的翻译策略颇为反感。

对于韦努蒂来说，翻译既是一个政治问题，同时又是一个去语境和重构语境的过程。去语境指的是，破坏或消除原文文本的一些因素，原作的意义根植于原文的文学传统，翻译就是将文本从这一传统中转换出来，再移入另一种语言。重构语境指的是，在目的语文化中重建

① Kurt Mueller-Vollmer and Michael Irmscher, *Translating Literatures, Translating Cultures: New Vistas and Approaches in Literary Studies*, Stanford: Stanford University Press, 1998, p. x.

语义的过程，译文以目的语语境为基础，对原作进行再创作。在对异域文化身份的构建方面，韦努蒂通过考察不同时期的翻译活动，从伦理的角度解释了翻译对文化身份塑造的过程。借助异域文本，本土主体身份得以塑造和形成。在翻译实践中，西方无法排斥东方的他者因素，通常是文学、文化史在异域文学或文化的影响下，催生出一场新的文学革新运动。韦努蒂提出的自我身份认同是指只有通过异域的他者，才能清晰地看清自己的观点，自我文化身份的立场只有在中西文化交流中才能得到充分印证。韦努蒂所提出的抵抗式翻译，是异化策略在文化问题上的进一步延伸。正如韦努蒂自己讲到的那样："抵抗寻求释放的是译文的读者和译者本身，从平时制约他们阅读和写作的文化束缚中解放出来。这些文化束缚（cultural constraints）威胁、制服和归化了外国文本，消除了其异国情调（foreignness）。抵抗式英文翻译成为当代文化政治中的不同政见者，而流畅策略和透明话语，习以为常地执行着将外国文本神秘化的任务。"①

抵抗式翻译表现在对词语的选择上，译者试图寻找与原文相对应的多元价值、多重声音和表现方式，使译文也具有原文的风格。抵抗式翻译极力避免流畅性，因为韦努蒂认为流畅地处理外国文本是在对其施加种族中心主义的暴力，抵抗和挑战的对象是目的语的主导文化。翻译的社会影响力取决于话语实践的接受情况，它在塑造目的语文化身份过程中发挥着重要作用。从文本的选择到翻译实践的实施，从文集编撰到翻译教学，翻译在民族身份的建构过程中产生巨大的影响。翻译不仅仅是照搬外国文本，它是能够强化自我与他者的纽带。异化策略的使用是对他者的尊重，这也意味着自我与他者通过语言建构了

① Lawrence Venuti, *The Translator's Invisibility*: *A History of Translation*, London and New York: Routledge, 1995, p. 305.

积极的文化互动关系。在全球化过程中，“英语作为一种强势语言的统治地位，造成了一种文化上的霸权主义，也造成了事实上的文化交流的不平等。在这种情况下，翻译的抵抗作为一种文化干预，就显得尤为必要”[①]。

翻译效果的好坏与否，所塑造的身份认同是否合乎本土的伦理道德标准，译文是否有种族中心主义的倾向等，都涉及翻译的伦理问题。有些译本读起来非常忠实，语言表述非常准确，其翻译取向是同一的伦理（ethics of sameness），即取消文化差异。然而，差异的伦理能够带来本土文化的变革。

我国翻译理论批评家刘军平曾说过：“翻译是一把双刃剑，它不仅以巨大的力量再现异域文化的身份，同时也建构着本土的主体身份。”[②]因此，翻译可以是一种保守的力量，即对异域文本和文化差异进行压制和抹杀，使之透明化和具有连贯性，以归顺于目的语主导价值。翻译同时也可以逾越固有的规范，使外国文本在本土再现，引入新的文化观念，推翻主导伦理，重新塑造文化身份。韦努蒂特立独行的翻译思想虽然属于翻译的文化学派，但他与其他文化学派学者不同的是，韦努蒂更多地吸收了后现代、后殖民和解构主义的思想，并加以应用。他提倡让隐身的译者显身，从而提高了译者的主体性地位。总之，韦努蒂的翻译理论极具思辨性，拓展了翻译研究中的文化领地，丰富并夯实了文化学派的理论基础。

---

① Lawrence Venuti, *The Translator's Invisibility : A History of Translation*, London and New York : Routledge , 1995, p. 20.

② 刘军平:《西方翻译理论通史》，武汉大学出版社 2009 年版，第 448 页。

四、谢天振的创造性叛逆论

在以文学翻译、翻译文学以及文化层面的翻译研究作为译介学研究对象的过程中，谢天振教授重点阐述了“翻译是一种创造性叛逆”①的观点。他经常在文章中介绍和阐释翻译活动在处理不同民族之间的文化差异时，这些跨语言、跨民族、跨国界、跨文化的信息在传递过程中将会难以避免地遭到不同程度的信息的减少、变形和增加。因此，他借用法国文学社会学家罗贝尔·埃斯卡皮（Robert Escarpit）的“翻译是一种创造性叛逆”的说法来表达他的观点，并敏锐地指出只有人们愿意接受这一说法，关于翻译的争论才能得到解决。谢天振认为埃斯卡皮的观点道出了翻译，特别是文学翻译的实质。在他把这一观点引入中国比较文学界和翻译界之后，反响热烈。对这一观点进行研究，并以之为题发表文章的研究者在数量上呈逐年递增趋势，但也有一些学者对这一观点产生了误读，甚至反对，表示难以理解，而且还撰文抨击，看来这一观点在中国翻译界所引起的反响非同一般。

中国翻译研究能否实现文化转向取决于研究者的思维能否转换，来接受这种转向。任何一个有责任心的译者，在主观上确实非常想要忠实于原文，并把原文的所有信息完全体现在译文中，但事实上这是无法达成的，译文与原文之间注定永远存在距离。这个距离决定了翻译中必定存在“创造性叛逆”。实际上，“创造性叛逆”这个说法针对的不是译者应该“怎么译”这类特别具体的问题，而是揭示了翻译的本质，并高度概括了翻译中存在的客观现象，是对传统翻译理念的一种修正。

谢天振对翻译中“创造性叛逆”这一客观存在的事实的揭示，使

① 谢天振:《创造性叛逆：争论、实质与意义》，载《中国比较文学》，2012年第2期，第33页。

翻译研究者认识到译文与原文之间存在无法抹去的差异性，其直接把翻译研究者的目光引向翻译现实，“关注翻译在译入语语境中的地位、传播、作用、影响、意义等问题，从而为探讨翻译文学的性质、其地位归属等问题，提供了坚实的理论依据”[①]。“创造性叛逆”的说法充分肯定并提升了文学翻译家的劳动价值，也正好与当今西方翻译界提出的翻译的“重写”“改写”理论不谋而合，遥相呼应。出于时代或地理的隔阂，这种“重写”或“改写”被证明是一个文学翻译者在翻译异于当时当地文化规范的文学作品所采取的重要手段，对推动文学翻译研究的发展来说非常重要。

1989年6月，谢天振在《上海文论》上发表了一篇题为《为“弃儿”寻找归宿——翻译在文学史上的地位》[②]的文章，文中提出完整的中国现当代文学史应该让翻译文学也占有一席之地。这一观点在当时同样引发了强烈的争议，在之后的三十多年里，谢天振教授笔耕不辍，关于翻译文学发表的论文和著作颇丰，赢得了越来越多学者的支持和赞同，翻译文学史的研究队伍得以扩大。他的主要著作有：《中国现代翻译文学史（1898—1949）》（2004）、《中国20世纪外国文学翻译史》（2007，与人合作），并连续多年主编年度翻译文学作品集《21世纪中国文学大系翻译文学卷》，这些著作奠定了翻译文学在中国翻译研究中的独特地位，并为后续的发展打下了良好的研究基础。传统翻译观视域下，研究者没有意识到翻译文学并不等同于外国文学，更忽略了文学翻译家在翻译过程中进行再创作的独特贡献和难以估量的价值，但是作为文学作品的一种存在形式，翻译文学在译入语文学里应该被视作译入语

① 谢天振：《创造性叛逆：争论、实质与意义》，载《中国比较文学》，2012年第2期，第38页。

② 谢天振：《比较文学与翻译研究》，复旦大学出版社2011年版，第122页。

文学的一个组成部分。译介学研究者正是以“创造性叛逆”这一观点为出发点，具体、深入地论证了翻译文学的性质和归属问题。目前中国翻译界越来越多的学者不但对“翻译文学是中国文学的一个组成部分”这一观点表示认同，而且还在这一研究领域里短时间内取得了丰硕的学术成果，如北京师范大学的王向远撰写的《二十世纪中国的日本翻译文学史》（2001）和《翻译文学导论》（2004）等。

在三十多年的学术生涯中，谢天振对于比较文学在中国的发展给出了方向的指引。当西方比较文学研究显示出泛文化的趋向时，他归本溯源地强调了比较文学的本体研究，呼吁研究者重新重视比较文学的文学属性，还比较文学以天然的、准确的学科定位。同时在他的带领下，一批学者探索、建设和发展了中国比较文学自身的学科理论，并进而完善了比较文学作为一门独立学科的内涵，这是对比较文学学科文学性的坚守和探索。除上述著作外，谢天振还陆续出版了个人论文集《比较文学与翻译研究》（1994）、教材《比较文学》（1997）、论文集《翻译的理论建构与文化透视》（2000）、《翻译研究新视野》（2003）、专著《译介学导论》（2007），论文集《当代国外翻译理论导读》（2008）、主编《当代名家小说译丛》（1998年起），以及长、中、短篇小说和散文译作数种。

谢天振创建的译介学改变了中国当代文学批评理论界一片荒芜的状态，他站在理论家的高度转变了中国学术界“翻译无理论说”和传统翻译界的“理论无用说”。作为中国当代翻译学的奠基人和译介学的创始人，谢天振教授通过不懈努力，积极促成了翻译学在中国成为一门独立学科，并见证了它的发展历程。在这个过程中，他培养了新一代翻译学研究者的理论素养与理论意识，促进了中国翻译学的健康发展，继而影响和改变了当代中国翻译学的历史进程和发展方向。

在全球化速度不断加快的时代，翻译变得日益日常化，语言间的转化需求变得比过去任何时代都更紧急，越来越必不可少。中国翻译研究者已经意识到“翻译的一个重要作用就在于对全球化时代的不同文化（cultures）进行重新定位（relocation）：有些原来处于边缘地位的文化通过翻译的能动性干预逐步向中心运动；而有些原来处于中心的文化由于翻译的缺失等因素而逐步向边缘退后”[①]。目前，中国翻译界在文化转向的大趋势下，已经基本实现了现代化的转变。由于翻译这门学科的跨语言、跨民族、跨文化的特殊性，其理论必然走向一种开放的状态。在借助各种各样的当代文化理论来拓展其研究视野的同时，翻译研究与其他学科的界限同以往相比将不再那么清晰，学科之间的重叠越来越多，学科交叉互用将越来越普遍。这将极大地带动中国文学融入世界文学的自由阅读与流通的进程，并为中国文学翻译指明方向。

① 王宁：《翻译与文化的重新定位》，载《中国翻译》，2013 年第 2 期，第 5 页。

第三章　葛浩文的中国文学情结及其文化翻译观

美国汉学家、翻译家葛浩文对中国文学的翻译有着很深的历史渊源，在其近四十年的翻译历程中为中国文学翻译做出了巨大的、卓有成效的贡献。他是英语世界中翻译中国文学作品的水平和地位均居首位的、最有成就的翻译家。在其翻译生涯中，葛浩文先后翻译过包括莫言在内的四十多位作家的五十余部作品，硕果累累，其中功绩最大的是翻译莫言的作品。葛浩文先后翻译了莫言的十部作品，包括《红高粱》(*Red Sorghum*, 1993)、《天堂蒜薹之歌》(*The Garlic Ballads*, 1995)、《酒国》(*The Republic of Wine*, 2000)、《丰乳肥臀》(*Big Breasts and Wide Hips*，2004)、《生死疲劳》(*Life and Death Are Wearing Me Out*，2008)、《变》(*Change*,2010)、《四十一炮》(*Pow!*,2012)、《檀香刑》(*Sandalwood Death*，2013)、《蛙》(*Frog*，2014) 和短篇小说集《师傅越来越幽默》(*Shifu, You'll Do Anything for a Laugh*，2001)。美籍华裔中国文学评论家夏志清(C. T. Hsia)教授认为葛浩文是中国现当代文学的首席翻译家。美国著名文学评论家约翰·厄普代克（John Updike）说过："中国当代小说的翻译，几乎是葛浩文一个人在包打天下。"[①]

---

① John Updike, "Bitter Bamboo : Two Novels from China", *The New Yorker*, Vol.81, No.12, May 9, 2005.

在葛浩文的翻译生涯中，获奖颇丰，众多奖项是他译作成功的见证，也是对他终身所从事的翻译事业的肯定。他本人两次获得美国全国艺术基金会（National Endowment for the Arts）提供的翻译资助；多部中国文学作品由于他的翻译获得海外文学奖项；他翻译的莫言系列作品推动莫言在 2012 年获得了诺贝尔文学奖。事实证明，葛浩文在世界范围内推介和传播莫言的作品对莫言获得诺贝尔文学奖，是功不可没的。葛浩文对中国文学翻译的贡献已经得到了越来越多学者的肯定，其译介使西方读者了解到中国文学的魅力。葛浩文的成功不仅仅体现在他的翻译上，更体现在他对中国现当代文学的深入研究上。对中国现当代文学的热爱和研究促使他对中国文学作品做了大量的译介工作。如王宁教授所言："如果没有汉学家葛浩文和陈安娜将莫言的作品译成英文和瑞典文的话，莫言的获奖至少会延宕十年左右，或许他一生都有可能与这项崇高的奖项失之交臂。"[①] 葛浩文对中国现当代文学，特别是对新时期文学的翻译不仅限于小说，也有散文和诗歌，但小说翻译无疑是葛浩文最擅长的。在其他中国现代作家中，他主要译介的有萧红、端木蕻良、萧军、老舍、巴金等。而当代小说家中，他译介的作家既有大陆的，也有台湾和香港的，而他最喜欢、翻译最多、译介最成功的当属莫言。

本书在撰写葛浩文对中国现当代文学的翻译历程时，参考了沈阳师范大学史国强教授撰写的《葛浩文文学翻译年谱》(《东吴学术》, 2013 年第 5 期）和上海外国语大学孙会军教授的专著《葛浩文和他的中国文学译介》(2016)。这两位教授在莫言获得诺贝尔文学奖之前就一直关注葛浩文的英语译作，在收集了大量资料的同时，也都与葛浩文有

① 王宁:《翻译与文化的重新定位》, 载《中国翻译》, 2013 年第 2 期，第 7 页。

过密切的交流。他们对葛浩文历年译作的整理为本书提供了诸多依据和启发。本书认为作品的选择、读者意识和创造性叛逆是葛浩文文学翻译成功的三个主要方面。在翻译研究的文化转向视域下对葛浩文英译莫言小说进行分析，才能更加全面地把握葛氏翻译的总体特征。

第一节　葛浩文对中国现代文学的译介

葛浩文有典型的西方文化背景，但他热爱并为之投入毕生精力的事业是中国文学翻译。他的中国文学情结、他的翻译实践和他的翻译经历直接反映了他的翻译理念。萧红便是他在中国文学翻译道路上的一座灯塔。

一、葛浩文的萧红情结

在翻译莫言作品之前，葛浩文最先翻译的是萧红的作品，这也是其中国文学翻译的渊源。1939 年葛浩文出生于美国加州长滩，1961 年在加州州立大学获得学士学位，毕业后加入美国海军，赴台湾服役四年，期间跟一个东北人学习中文，因此他的普通话尽管非常流利，却带着些许辽宁口音。“葛浩文”这个名字便是他的这位中文老师所起。葛浩文在印第安纳大学攻读博士学位期间为准备萧红研究的资料，并以此来撰写博士论文，开始了对萧红作品的翻译。早在 1971 年，32 岁的葛浩文就开始钻研中国古典小说、元杂剧及鲁迅和其他左翼作家的作品。他研究萧红纯属偶然，早在攻读硕士学位期间，他曾在课上听导师说起东北有个“二萧”，两人的爱情故事很曲折，便对这两位东北作家很感兴趣。后来，他在图书馆读到了萧军的《八月的乡村》，又翻译了萧军的另一部作品《羊》。之后葛浩文无意之中发现了萧红的作品《呼兰河传》，读罢爱不释手，便又开始阅读萧红的其他作品，《生死场》《商市街》等。他认为萧红是一个很好的“画家”，她的文字简单朴素，但她的作品可以使读者切身感受到她所描述的事物，她是“用文字绘画的好作家”[①]。

萧红原名张乃莹，在20世纪30年代，是中国东北作家群里比较突出的一位。1911年6月1日，她出生在黑龙江省呼兰县的一个地主家庭。1932年，她以“悄吟”为笔名与以“三郎”为笔名的萧军合著的短篇小说集《跋涉》在哈尔滨出版，从此她便走上了文学创作之路。1942年1月22日，萧红病逝于太平洋战争之后刚刚被日本占领的香港，终年31岁。在萧红短暂的写作生涯中，她创作了数百部短篇小说、散文和诗歌，以及三部长篇小说《生死场》《呼兰河传》《马伯乐》。她先后与作家萧军及端木蕻良的悲剧爱情，也让喜欢她的读者唏嘘不已。

葛浩文在《萧红评传·序》（1979）中记载当年柳无忌先生开设传记文学讨论课时，他所作的题目是《萧红传略》，因为当时他已经决定以萧红为题进行博士研究。他为了完成博士论文，在撰写论文期间，多方搜集资料，曾先后两次到中国香港、台湾地区和日本，拜见了许多萧红的朋友和崇拜她的读者。葛浩文与他们一起讨论萧红的生平与创作，并且对她的作品进行了深入研究，还翻译了她的小说。[②]1974年，经过近三年的准备，葛浩文题为“A Literary Biography of Hsiao Hung”（1911—1942）的博士论文获得通过。1976年，他以萧红为题的博士论

---

① 史国强：《葛浩文文学翻译年谱》，载《东吴学术》，2013年第5期，第106页。

② ［美］葛浩文：《香港初版序》，见葛浩文：《萧红传》，复旦大学出版社2011年版，第169页。

文经过修改之后，由波士顿的 Twayne Publisher 出版社出版，书名为《萧红》(*Hsiao Hung*)。这是他的第一部专著，也是国外汉学界最早研究萧红的学术专著。

葛浩文把萧红看成她所处的那个时代中“最重要的文学天才之一”。在他看来，萧红的天才体现在她能够富有感情地把她经历过的东北农民的生活场景细致地再现出来，同时把那片土地上优美的自然风光清晰、准确地展示出来。① 萧红的作品跟同时代的其他作家相比可谓别具一格，在当时的革命时期她并没有追随潮流去搞革命文学或政治宣传，反而以其非常独特的视角，汲取自己在中国东北的生活经历和无与伦比的艺术天分默默地进行创作，展现了她独有的魅力。葛浩文以非常严谨的态度，客观、理性、认真地完成了文学界关于萧红的首部评传。1985 年，中文版《萧红评传》由哈尔滨北方文艺出版社出版。这部评传以葛浩文在中国哈尔滨亲自搜集的大量第一手资料为基础，详实准确，论证充分，浸透了葛浩文的心血和情感，成为研究萧红文学创作必读的文献之一。也正是由于这部专著的出版，萧红的作品开始得到国内文学界的重新认识，萧红也恢复了她在中国现代文学史上不可取代的地位。不但如此，为纪念这位后来被封为“民国四大才女之一”的女作家，于萧红诞辰百年之际拍摄的电影《萧红》在国内也广受好评，再次掀起国内的“萧红热”。正是《萧红评传》这部专著奠定了葛浩文在中国文学研究领域的地位。

出于对萧红的喜爱，葛浩文几乎翻译了能找到的萧红的所有小说。1979 年萧红的《生死场》和《呼兰河传》被放在一起出版，名为 *Two Novels by Hsiao Hung: The Field of Life and Death & Tales of Huanlan*

① Howard Goldblatt, *Hsiao Hung*, Boston: Twayne Publisher, 1976, p.126.

River，是葛浩文的第一部译作。孙会军教授曾评价葛浩文在翻译《生死场》的时候对一些段落进行了调整，删减了对话前的不少说明性文字，但总体来说还是非常忠实的。《呼兰河传》是萧红患病之时在香港医院的病榻上完成的，是萧红最优秀的代表作，也是她的最后一部完整作品，然而《呼兰河传》英译本却是葛浩文最早的一部译作。葛浩文在书中详细记述了萧红的生平及其创作《生死场》《呼兰河传》的过程，并引用了萧红自作的小传，以此介绍三个在她短暂的一生中占据了重要位置的男人：萧军、鲁迅和端木蕻良，以及萧红与他们的关系。① 美国汉学家胡志德（Theodore Huters）认为，葛浩文翻译的《生死场》与《呼兰河传》的出版可谓是在向英语读者介绍中国现代文学发展过程中的"一次标志性的事件"。因为长期以来，中国现代小说都被外国读者认为是单纯地为政治服务的。正是通过萧红的作品，"外国读者对于中国现代作家面临的问题和在当时的处境下取得的成就有了完整的认识"②。

葛浩文对萧红情有独钟，是广为人知的"萧红迷"，自称萧红是他"隔世的恋人"。他在《萧红评传》中文版序言中表达了他的萧红情结，在他撰写论文的过程中，萧红悲剧的一生不断萦绕在他脑海中。到后来，他对萧红所承受的痛苦的体会越来越真实。当最后写到萧红逝世的情况，他竟然无法下笔，觉得"如果我不写这最后一行，萧红就可以不死"③。葛浩文在哈尔滨访学期间，在黑龙江大学结交的老友王观泉曾在《中华读书报》上一篇题为《葛浩文与萧红》的文章中写道："我曾听人说过，一个人恋爱入骨髓时，就会犯傻。我想老葛对于萧红就

① 孙会军：《葛浩文和他的中国文学译介》，上海交通大学出版社 2016 年版，第 25 页。

② ［美］葛浩文：《漫谈中国新文学》，香港文学研究社 1980 年版，第 106 页 .

③ ［美］葛浩文：《葛浩文随笔》，史国强编，闫怡恂译，现代出版社 2014 年版，第 60 页。

傻到这个程度：当他写到萧红躺在医院中无助到快咽最后一口气时，他竟然扔下笔，匆匆跑出家门，在户外游荡，久久不敢走进家门，更不忍推门而入握笔写下去，似乎不进门、不坐在桌前、不动笔，萧红就能活下去……看官，你说他傻不傻？”[①]可以说，萧红是葛浩文与中国现当代文学之间的第一场“恋爱”，也是他翻译事业上最初的一盏明灯，使他走上了中国现当代文学翻译这条大路。如果没有他与萧红难以割舍的“一见钟情”，也就没有了后来葛浩文与中国现当代文学的“长相厮守”。[②]

葛浩文分别在1980年、1981年和1986年三次远渡重洋，来到萧红的故居黑龙江省哈尔滨市呼兰县，考察萧红的出生地和创作背景。1980年，中国大陆还并未对外完全开放，在中国作家协会萧乾等老一辈作家的帮助下，葛浩文得以到达哈尔滨，对萧红的出生地进行实地考察。哈尔滨也因此成为葛浩文最喜欢的中国城市。1986年，葛浩文再次来到哈尔滨，在黑龙江大学访学一年，期间结识了很多东北作家和学者，这些都进一步推动了他之后对东北作家的研究和译介。20世纪七八十年代，中国文学研究当时在美国还相当薄弱。萧红在文学界并不知名，葛浩文深感在美国进行中国新文学研究的孤独，他借用萧红的同名作品“旷野的呼喊”来表达自己孤立无援的状态。然而，即使在这种情况下，葛浩文也并没有放弃对中国新文学的深入探索，兴趣反倒越来越浓厚。

在1981年，葛浩文翻译了萧红纪念鲁迅的文章《回忆鲁迅先生》（“A Remembrance of Lu Xun”），并发表在《译丛》第15卷上。第二年，他翻译的《萧红短篇小说选》作为“熊猫丛书”的一部分由中国文学出

---

① 王观泉：《葛浩文与萧红》，载《中华读书报》，2014年1月22日。

② 蒋书丽：《葛浩文与萧红》，载《书屋》，2014年第2期，第71页。

版社出版。1986 年，萧红《商市街》的英译本 *Market Street: A Chinese Woman in Harbin* 由华盛顿大学出版社出版。2005 年，葛浩文又翻译了《染布匠的女儿——萧红短篇小说选》(*The Dyer's Daughter: Selected Stories of Xiao Hong*)，在香港中文大学出版社出版。

英国汉学家詹纳(W. J. F. Jenner)在其《中国可能有现代文学吗？》("Is a Modern Chinese Literature Possible?")一文中认为在中国"五四"时期的文学中，除了鲁迅外，萧红便是一位新发掘出来的、颇具现代性的作家。詹纳特别指出："葛浩文把萧红带到西方世界，功不可没。"[①]

葛浩文在《萧红评传》基础上撰写的《萧红传》由复旦大学出版社在 2011 年出版，本书叙述了萧红那令人叹惋、带有传奇色彩的一生，文字细腻、精致，对萧红不同时期心理的体察描写得精致入微。同时，作者在全面占有大量翔实史料以及最新研究成果的基础上，基于良好的学术训练，以独到的眼光澄清了此前萧红研究中的诸多讹误。葛浩文凭借《萧红传》获得 2011 年首届"萧红文学奖"，并赴哈尔滨领奖，但那之后，他却说以后再也不来哈尔滨的呼兰了，因为在 2011 年，萧红故居已被从城里人所谓的"两屋一厅"的基础上，改成了"四屋一厅"，失去了他当面所见的原貌，而新加的那堵墙正好砌在据认定是萧红出生的那铺炕的位置上。[②] 从 1980 年到 2011 年，共 31 年，也正是东北女作家萧红生活在这个世上的时间长度。葛浩文第一次参观萧红故居时，那里的住户刚刚被迁走，他最后一次参观时见到的是重新装饰、精心扩建的"故居"，这期间中国社会发生了翻天覆地的变化，但唯一不变的是这位翻译家对中国文学深深的热爱和孜孜不倦的译介。

---

① 吕敏宏：《论葛浩文中国现当代小说译介》，载《小说评论》，2012 年第 5 期，第 4 页。

② 王观泉：《葛浩文与萧红》，载《中华读书报》，2014 年 1 月 22 日。

二、葛浩文对其他中国现代作家的译介

葛浩文1979年在《联合报》上发表的《中国现代文学研究的方向——从美国学者的研究情形谈起》一文中梳理并总结了美国学者对中国现代文学研究的现状，并指出“中国现代文学”指的是1917年以后的“新文学”，也就是“白话文学”。葛浩文不但对中国现代文学给予了肯定评价，还在翻译了萧红的作品之后，陆续翻译了很多中国现代作家的作品，这也是其中国文学翻译必经的发展之路。1975年，葛浩文在*Renditions*（《译丛》）第4期上发表了他翻译的萧军作品《羊》（“Goats”）；1980年，葛浩文又翻译了萧军的《献工大竞赛》（“The Great Work Contest”），译文收入许芥昱编选的《来自中华人民共和国的文学》。

1980年，葛浩文在北京曾去拜见过端木蕻良，后来他在文章里写到二人见面时其惴惴不安的感受。端木蕻良在萧红最后的日子里与她共同生活了四年，而且他本身也是一位作家，了解他的作品和思想对研究萧红是非常必要的。葛浩文之所以非常紧张是因为他在《萧红评传》里站在萧红的角度曾直截了当地批评过端木蕻良，但端木蕻良反而很温和地接待了他。[①]1988年，葛浩文翻译了端木蕻良的《红夜》（*Red Night*），是“熊猫丛书”系列中的一部。2007年，葛浩文又与其学生、美国华裔学者孔海立合译了端木蕻良的《鸶鹭湖的忧郁》（*The Sorrows of Egret Lake: Selected Stories by Duanmu Hongliang*），由香港中文大学出版社出版。

---

① ［美］葛浩文：《序·端木蕻良和我》，见孔海立：《忧郁的东北人——端木蕻良》，上海书店出版社1999年版。转引自孙会军：《葛浩文和他的中国文学译介》，上海交通大学出版社2016年版，第25页。

葛浩文还在 1999 年与孔海立合译过巴金的《第四病室》(*Ward Four: A Novel of Wartime China*),最终赶在巴金过世前将此书翻译出版,但在评论界却反响平平。

出于对老舍作品的喜爱,在 1999 年,葛浩文编选了一部老舍作品集 *Blades of Grass: the Stories of Lao She*(《草叶:老舍故事集》),译者是威廉·莱尔(William A. Lyell)和陈伟明(Wei-ming Chen),其中收录短篇小说 11 篇,随笔 3 篇,由夏威夷大学出版社出版。在葛浩文翻译老舍的《骆驼祥子》(1937)之前,已经有了三个英译本,最早的一个版本是在 1945 年由伊万·金(Evan King)翻译的,但是他却把小说的结局改成了喜剧。《骆驼祥子》原本是个悲剧,原著中的小福子死了,而英文版里不仅小福子活着,原来的悲剧也变成了以皆大欢喜的喜剧收尾,完全歪曲了老舍的本意。另一个译本是在 1979 年出版的,该版本当年是由外文出版社邀请现任美国蒙特雷国际研究学院(MIIS)高级翻译学院副教授施晓菁翻译的。由于施晓菁翻译时采用的中文原文有删节,所以英语译文是不完整的。第三个版本是夏威夷大学出版社在 1979 年出版的,由一个叫珍·詹姆斯(Jean M. James)的美国人翻译,英译本名为 *Rickshaw*,又翻译成《东洋车》。由于译者对原文的理解不是十分准确,译文也显得比较生硬。出于对老舍的敬佩,葛浩文准确忠实地翻译了他的这部代表作,2010 年,哈珀·柯林斯(Harper Collins)出版公司出版了他的《骆驼祥子》译本 *Rickshaw Boy*。可见,对于现代作家,除萧红外,葛浩文主要翻译了东北作家萧军和端木蕻良,以及北京作家老舍和巴金的作品。目前,学术界把研究重点都集中在葛浩文对中国当代作品的译介上,对他译介中国现代作品的研究并不多见,相关资料也非常有限。随着中国的改革开放,1978 年以后葛浩文便开始了对新时期作家的重点译介。

第二节　葛浩文对中国当代文学作品的译介

由于莫言小说创作处于中国改革开放之后世界文学的鼎盛时期，也是在全球化兴起的大潮之中，这就必然涉及在葛浩文将中国文学向世界文坛传播的过程中对中国当代文学的翻译。中国当代文学史一般来说被分成三个阶段：从1949年中华人民共和国成立到“文化大革命”开始的1966年为“十七年文学”；从1966年到“文革”结束的1976年为“文革文学”；1976年以后至现今为新时期文学。虽然从严格的意义上来说，1978年中国共产党十一届三中全会的召开为“新时期”开始的标志，但实际上在1976年底，随着“四人帮”的粉碎以及新的政治氛围的形成，新时期文学就已经开始露出萌芽，葛浩文也是从这一时期开始了对中国新时期文学的持续关注。在中国大陆当代文学中，葛浩文翻译的都是新时期的作品，因为在葛浩文看来，从1949到1976年，这27年间，葛浩文的兴趣主要集中在翻译台湾作家的作品上。故在下文中，对于中国当代大陆文学和台湾文学将会分别展开介绍。

一、葛浩文对中国大陆文学作品的译介

1979年，葛浩文在《今日世界文学》（*World Literature Today*）上发表了“Contemporary Chinese Literature and the New Wenyi Bao”（《当代中国文学和新〈文艺报〉》）一文[①]，讲到《文艺报》经历了“文革”后在1978年7月复刊一事，这在当时被认为是中国当代文学史上具有历

① 该文的汉语译文也被收录在葛浩文在2014年出版的文集《论中国文学》之中。

史意义的标志性事件。从此，他开始了此生矢志不渝的中国文学翻译事业。葛浩文1989年在《艺术的回归》("The Return of Art")一文中对于中国新时期文学给出了积极正面的评价，认为之前的社会现实主义创作在中国已经被各种各样新的写作风格所取代，有些写作风格是自身逐渐演变形成的，有些则是在借鉴前人写作风格的基础上发展而来。在这一时期，中国在走出了"文革"的低谷之后，情况开始触底反弹。葛浩文指出："在后毛泽东时代，中国文学在主题上、风格上、还有社会政治概念上都经历了一系列的发展阶段。"① 葛浩文在文章中列数了这个时期中对中国文学产生巨大影响的各个文学流派及其产生的渊源，它们不但拓宽了当代中国文学的创作范畴，还从根本上提高了中国文学的魅力与吸引力。在这篇文章中，葛浩文对中国大陆新时期文学的密切关注和极大兴趣展露无疑。

早在1991年，葛浩文就翻译了贾平凹的《浮躁》(*Turbulence*)，该译文为他赢得了帕伽索斯文学奖。凭借《狼图腾》(*Wolf Totem*)、《河岸》(*The Boat to Redemption*)、《玉米》(*Three Sisters*)获得曼氏亚洲文学奖的姜戎、苏童和毕飞宇，以及最终获得诺贝尔文学奖的莫言都得力于葛浩文的翻译。除此之外，他还翻译了李锐的《旧址》(*Silver City*)、刘恒的《黑的雪》(*Black Snow*)、王朔的《玩的就是心跳》(*Playing for Thrills*)、《千万别把我当人》(*Please Don't Call Me Human*)、苏童的《米》(Rice)和虹影的《饥饿的女儿》(*The Daughter of the River*)，等等。除了莫言、苏童，其他当代作家只要在中国文坛产生反响，葛浩文也都密切关注并进行译介。他所翻译的作家不胜枚举，其他译者只能望洋兴叹。在海外文学界，他的翻译使中国当代文学的经典地位得以确立。

---

① Howard Goldblatt, "The Return of Art", *Manoa*, Vol.1, No.1-2, 1989, pp. 83-85.

俄克拉荷马大学主办的《今日世界文学》杂志的执行主任戴维斯·昂迪亚诺在《一个西方人对莫言的思考》中曾评价葛浩文翻译的《红高粱》:“作为一个抛开西方强加给东方的价值和身份的强有力的选择，这部富有挑战性的、杰出的作品是给西方读者一瞥中国历史和文化而打开的最重要的门户之一。”[①] 然而，通过翻译给西方读者打开这扇通往中国文学大门的人正是翻译家葛浩文。

从原著作者与译者之间的关系来考察，两者的密切配合是翻译成功的保障因素之一。中国当代著名作家莫言，原名管谟业，在 1981 年开始进行创作，著有短篇小说六十余部，中篇小说二十余部，以及长篇小说十余部，另有剧本、散文多篇。迄今为止，莫言的作品已被译成四十余种外文，在世界读者中广为传播。独特性与原创性是莫言小说能够取得成功的两大特点。在主题与内容方面，莫言深受中国民间资源的影响，并声称自己只是一个讲故事的人。对于其写作技巧方面，评论界多倾向于认为莫言受西方文学思潮和文学理论的影响。2012 年，诺贝尔文学奖评委会将诺贝尔文学奖授予莫言的理由是其“将魔幻现实主义与民间故事、历史与当代融合在一起”(“who with hallucinatory realism merges folk tales, history and the contemporary”)[②]。然而，莫言因“魔幻现实主义”而获奖的理由却引起了国内外文学评论界的热议。有部分学者认为“hallucinatory realism”应该被翻译成“幻觉现实主义”。然而，实际上，莫言深受其同乡——清朝志怪小说作家蒲松龄的影响，从小听着《聊斋志异》里面妖魔鬼怪的故事长大，称其作品为“魔幻

---

① Robert Con Davis-Undiano, “A Westerner’s Reflection on Mo Yan”, *Chinese Literature Today*, Vol.3, NO.1/2, 2013, pp. 21-25.

② The Permanent Secretary, “The Nobel Prize in Literature 2012”, http://www.nobelprize.org/nobel_prizes/literature/laureates/2012/press.html.

现实主义”并不是说莫言简单地模仿了哥伦比亚作家加西亚·马尔克斯（Gabriel Garcia Marquez）的创作风格，而是说，莫言是在继承了中国古典小说精华的基础上，又进行了自主创新。其实，“莫言的魔幻现实主义不过是域外魔幻现实主义与中国本土化因素相结合的产物罢了。两者当中，域外影响是外因，中国元素是根本，两者结合，就形成了莫言魔幻现实主义形成与发展的条件和根据，最终形成了莫言独特的创作方式”[①]。

《红高粱》最初于1986年在《人民文学》杂志问世，1987年，包括中篇小说《红高粱》在内的五部中篇组成《红高粱家族》，由解放军文艺出版社推出。1993年，《红高粱家族》英译本 *Red Sorghum* 在英国和美国同时出版，被美籍华裔学者刘绍铭称为“近年英译中国文学的一大盛事”[②]。在葛浩文的中国当代小说英译本中，无论是对大众读者，还是对文学界来说，《红高粱家族》都是影响力最大的一部，十几年来一直没有绝版，销量也最大。几乎所有的中国作家都希望自己在有生之年能够进入世界文学的版图，获得诺贝尔文学奖，听凭外国文学界的判断，尽管让国人感到无可奈何，却也是目前无法改变的事实。《红高粱家族》英译本的出版拉近了中国当代文学与诺贝尔文学奖的距离，这部小说在海外传播的成功，也使其不仅成为莫言在国内的代表作，亦成为他在海外的标识性作品之一。葛浩文先生曾多次毫不隐讳地直言，莫言是他最喜欢的中国当代作家。在他翻译的中国作家中，莫言的作品最多，迄今已翻译了莫言的八部长篇小说。事实上，正是在葛浩文和日本作家大江健三郎的大力推荐之下，在各界人士的多方努力之下，

① 胡铁生、孙宇:《莫言魔幻现实主义的是非曲直》，载《社会科学战线》，2015年第8期，第116页。

② 刘绍铭:《文学岂是东西》，辽宁教育出版社1999年版，第8页。

莫言才终于在2012年跻身于诺贝尔文学奖的候选人名单，继而获得诺贝尔文学奖。如此看来，莫言小说在域外的译介与接受对莫言获得诺贝尔文学奖至关重要。

继葛浩文翻译的《红高粱家族》英译本于1993年在欧美同时出版，并被《今日世界文学》评为“1993年全球最佳小说”之后，莫言通过自身坚持不懈的努力连续多年在国际上获奖不断，国际文学界对他的认可也与日俱增。莫言于2012年获得诺贝尔文学奖后，一时间在国际上引起强烈反响。

由于民族语言是了解一个国家或民族文化的中介和窗口，所以翻译对一个国家或民族的文化和其与外界的交流都发挥着极为重要的中介作用。在莫言作品的外文翻译方面，英文翻译的重要性是特别值得一提的，因为英语是世界上普及程度最广的语言，因而英译本的莫言作品在世界上形成的影响力也最大。

诺贝尔文学奖评奖一百余年来，大多数获奖作家都是用西方语言写作的，因而，翻译也就成为非英语国家的作家通往诺贝尔文学奖的一个重要通道。德国汉学家顾彬也认为实际上中国还有很多更好的作家，他们之所以没有名气，是由于他们没有遇到葛浩文这样优秀的译者，因此，他们的作品还没有被翻译成英文。[①] 这些评论并非否定莫言小说创新的功绩，而在于印证翻译在莫言作品走向世界过程中的作用。当然，即使已被广泛翻译的作品，其作者并不一定就能够获得诺贝尔文学奖，作品的内在素质才是作家能够取得成功最为重要的决定性因素。然而，优秀的翻译家却可以使这些作家的作品在域外传播得更快更广，并可以被更多的读者接受和认可。

---

① 杨馥戎编:《作家和翻译谁成就谁？葛浩文译本被赞比原著好》，http://www.huaxia.com/zhwh/whgc/2012/11/3066790.html（访问时间：2012年11月2日）。

在2014年出版的两本《葛浩文文集》中，葛浩文对《天堂蒜薹之歌》评价道："小说写得亦真亦幻，扣人心弦，激情澎湃，场面宏大又个性鲜明。有人将其视为政治小说，其充分的证据是，虽然莫言未必相信小说就能改变大众或个人，但他确实相信，文学艺术有着人道主义的力量。"[①] 在葛浩文英文译作的影响下，莫言小说又传到了欧洲和世界各地，进而形成了莫言小说的国际影响。

截至目前，葛浩文已翻译莫言作品10部，苏童作品4部，毕飞宇、刘震云作品各3部，刘恒、王朔、阿来作品各2部。从作者的性别来看，如果不算诗歌集、论文集和多部小说合集的话，他所译介的当代作家共27位，其中女性作者有9人，占所有作者的三分之一。葛浩文还翻译了王安忆的《富萍》以及香港作家西西、钟晓阳等人的作品。有些作品刊登在中国文学选集里，有些发表在文学期刊上。就选择作品的题材来说，他自身的兴趣以及美国读者的阅读喜好是葛浩文在做选择时着重考虑的因素。

在英语世界，致力于中国当代文学翻译的译者非常有限。在一段时期内，中国当代文学的翻译工作几乎由他一人担当，以至于他在翻译选材方面的偏好直接影响到了英语读者对中国文学的判断。近年来，葛浩文先后翻译了一些通俗文学作品，如春树的《北京娃娃》(*Bei Jing Doll*,2004)。该作品被一些评论家归为与棉棉的《糖》和卫慧的《上海宝贝》一类"用身体写作"的女作家的作品。葛浩文对于大众流行文学的译介引起了一些中国学者的担忧。为了回应葛浩文发表在《文学报·新批评》上撰写的《中国文学如何走出去？》(2014)一文，上海外国语大学的姜玉琴、乔国强教授撰文《中国文学"走出去"的多种

---

① [美]葛浩文:《论中国文学》，史国强编，闫怡恂译，现代出版社2014年版，第214页。

困惑》(2014),并提出通俗文学到底应不应该代表中国文学走出去的问题。其二人对葛浩文的责备完全体现出葛浩文在引领中国文学翻译过程中所起的重要作用和影响力。确实有一部分西方读者认为在中国文学作品中很多都是以描写黑暗的、人与人之间冲突为主题的。葛浩文也坦承他意识到了这一现象,其实这只是一些对中国文学没有全面了解的外国读者的谬误,他说,"这不是一个良好的现状,在这一点上我要负起责任来。"[①] 基于被翻译成英文的中国文学作品数量非常有限的现状,他提出应该建立一个题材宽泛、能够代表中国小说和诗歌特色的"翻译库"供英语读者阅读,只有这样中国作品才能够对西方作家产生更大的艺术影响。[②]

葛浩文与每个在选材上有偏好和原则的译者一样,作为译者他也有这样的权力。他已经为中国当代文学走向世界做出了巨大贡献,中国学者和翻译家们不应该再去对他苛求责难。到目前为止,译入英语世界的中国当代小说还很有限,虽然在中国文学英文翻译网站"纸托邦"(Paper Republic)上已经有了300多位译者在进行中英翻译,改变了主要依靠葛浩文单枪匹马、孤军奋战的状态,但是要彻底改变翻译作品在选材上和风格上的局限性,就需要想办法吸引更多像葛浩文一样愿意把时间、精力放在中国当代文学翻译上的高水平译者,把中国多姿多彩的当代文学呈现给广大的英语读者。

以往西方读者都是为了满足猎奇的心理来阅读和选择中国文学作品的,从而满足自身对中国神秘的东方主义想象。改革开放以后,中国文学作品也可以逐渐凭借其独特的叙事技巧、内在的文学性以及对

---

① 曹雪萍、金煜:《葛浩文:低调翻译家》,载《新京报》,2008年3月21日。

② Corinne H. Dale (ed.), *Chinese Aesthetics and Literature—A Reader*, Albany: State University of New York Press, 2004, p.218.

普世意义的关照来赢得西方读者。从这一点来说，葛浩文的这个中国现当代文学首席翻译家的头衔是受之无愧的。在他的带动下，越来越多像他一样对中国文学极其热爱的各国译者已经积极加入了中国文学翻译的队伍。

二、葛浩文对台湾文学作品的译介

葛浩文以翻译莫言作品闻名，成为世界上首屈一指的翻译家，但他的中文情结却源自台湾。葛浩文最早在台湾学习中文的经历使他对台湾有着深厚的情谊。台湾与大陆在文学传统上有着同样的文化渊源，这一点在台湾出版的中文回忆录《从美国军官到华文翻译家——葛浩文的半个世纪台湾情》中深有体现。其实，如果没有台湾文学，中国文学也是不完整的，可以说，台湾文学是中国文学不可分割的一部分。葛浩文在翻译和推介台湾文学时同样尽心尽力，陈若曦、黄春明、白先勇、王祯和、李昂、朱天文、朱天心等都是葛浩文非常喜爱的台湾作家。

1980 年，葛浩文翻译了台湾小说家黄春明的短篇小说集《溺死一只老猫》，该作品描述了 20 世纪六七十年代经济转型时期在台湾乡土社会中人们的生活状态。由于黄春明作为乡土小说家当时在台湾已经非常有名气，如果没有出色的翻译技巧，翻译这部小说集对葛浩文来说将是一项很大的挑战。尽管如此，葛浩文凭借其在台湾多年的生活经历和对台湾社会及当地语言的深入了解，完美地翻译了这部小说集。出版之后，其在西方国家的热销证明他作为译者已经取得了出人意料的成功。此后，葛氏又先后翻译了九部台湾作家的小说，包括黄春明《苹果的滋味》以及艾蓓的《红藤绿度母》等短篇小说集。

李昂原名施淑端，是台湾著名现代派作家施淑青的妹妹。葛浩文翻译的李昂作品《杀夫》(*The Butcher's Wife*)在国外引起了巨大轰动。以台湾农村生活为背景，李昂在《杀夫》中以其惊世骇俗的文笔和极强的文字感染力，探讨了人性的不确定性和不可捉摸的状态。这部作品已经被翻译成多国文字并出版。此后，葛浩文还翻译了李昂的《花季》(*Flower Season*)、《婚礼》(*Wedding Ritual*)、《带曲线的娃娃》(*Curvaceos Dolls*)、《爱情实验》(*Test of Love*)、《一封未寄的情书》(*A Love Letter Never Sent*)。葛浩文还曾撰写了一篇评论文章"Sex and Society: the Fiction of Li Ang"(《性别与社会：李昂的小说》)，对李昂及其主要作品进行了详细介绍和深入分析。

1999年，他与夫人林丽君合译朱天文的小说《荒人手记》获美国翻译协会年度奖，但由于2007年他翻译的朱天心的《古都》出版之后，这部作品在国际评论界并没有引起太大的反响，因而，葛浩文便再也没有翻译过台湾作家所写的中长篇小说作品。葛浩文曾经谈到20世纪七八十年代的台湾作品比较带有国际性，写作范围并没有局限在台湾，而现在台湾作家反而不写台湾了，他们创作的现代派作品已经很难入葛浩文法眼。他认为台湾新时期作品没有能够吸引台湾以外读者的"普遍性"，并为台湾作家感到深深的惋惜。[①] 在葛浩文的翻译曲线中，中国大陆与台湾文学的发展走向清晰可见，他见证了中国文学的发展轨迹，在向英语世界传播方面，做出了尽其所能的重大贡献。

---

① 季进:《我译故我在——葛浩文访谈录》，载《当代作家评论》，2009年第6期，第132页。

第三节　葛浩文的文化翻译观

学术界针对葛浩文所做的莫言作品翻译，从学术角度，争论的焦点在于“忠实”与“伪忠实”的问题。在表面上看似语符转换的翻译过程中，实际上却涉及更深层次的文化内涵，通过阅读葛浩文所写的反映其翻译观的重要文献，如《写作生涯》(“The Writing Life”)(2002)、《中文写作的跨界旅行》(“Border Crossings: Chinese Writing, in Their World and Ours”)(2004)、《校对与翻译：作为编辑的译者》(“Blue Pencil Translating: Translator as Editor”)(2004)、《我为什么憎恨阿瑟·韦利：后维多利亚时代的中国文学翻译？》(“Why I Hate Arthur Waley: Translating Chinese in a Post-Victorian Era？”)(1999) 以及以 Ge Haowen 的名字发表的《走自己的路：家中的葛浩文——自访录》(“A Mi Manera: Howard Goldblatt at Home: A Self-Interview”)(2011)，等等，可以了解到，无论是葛浩文的翻译选材，还是他的翻译策略和方法，在某种程度上都是他作为独立的翻译主体所做出的自觉的选择，这跟当时具体的社会历史文化语境也有很大关系。中国有些学者认为葛浩文对中国文学的翻译其实一直都没有摆脱“东方主义”的禁锢。[①] 葛浩文的翻译观到底是怎样的？对葛浩文的否定评价是否公允？到底应该如何正确评价葛浩文对中国文学所进行的翻译？

美国华盛顿州立大学中国文学教授、汉学家陆敬思（Christopher Lupke）在他的那篇著名的《渴望至高无上——中国现代小说和葛浩文

① 姜玉琴、乔国强：《葛浩文的“东方主义”文学翻译观》，载《文学报》，2014 年 3 月 18 日。

的声音》(“Hankering after Sovereign Images: Modern Chinese Fiction and the Voices of Howard Goldblatt”)文章中称赞葛浩文学识渊博，阅读广泛，对语言感觉敏锐，有很强的掌控能力。正是这些天赋使他能够将中国文学的声音准确地传达给英语世界的读者。陆敬思把葛浩文比喻成中国文学翻译领域的“雄狮”。他的翻译“至高无上”，就某种意义而言，其译作实现了永恒的语言成就的同时，可以与原作媲美。他认为葛浩文创造性的翻译改变了英语世界中国现当代文学的版图，并且使其教学与研究成为可能。[①] 这段文字，客观而有力地表明了葛浩文在中国现当代文学英译领域所做出的杰出贡献。对于葛浩文的文体风格，美国汉学家胡志德(Theodore Huster)认为葛浩文的翻译清晰、准确，能够捕捉到原作的“神韵”，在好几部小说的起始部分，英语译本读起来比原作还要好。胡志德的这种感觉应该说是“对译者所表现出来的出色英语文体风格的敬意”[②]。中国学者史国强在他编辑的《葛浩文文集》(两卷本,2014)中，提到葛浩文在中国文学“走出去”的过程中发挥了极大的作用。抗日战争时期，埃德加·斯诺让世界了解了中国大地上发生的革命，现在葛浩文和其他汉译外的翻译家们让世界了解了中国现当代文学。《狼图腾》总策划安波舜曾说过，作为中国人，我们应该感谢像葛浩文一样的翻译家们，正是他们通过文字，“一笔一笔地描绘中国文学的海外形象”[③]。这些对葛浩文译作做过深入研究的学者对其所作的评价，充分体现了葛浩文的翻译观对中国文学在英语世界传播的深远意义。

---

① Christopher Lupke,“Hankering after Sovereign Images: Modern Chinese Fiction and the Voices of Howard Goldblatt”, *Chinese Literature Today*, Vol.2, No.1, 2011, pp. 87-92.

② 胡安江:《中国文学“走出去”之译者模式及翻译策略研究——以美国汉学家葛浩文为例》，载《中国翻译》，2010 年第 6 期，第 10 页。

③ [美] 葛浩文:《葛浩文随笔》，史国强编，闫怡恂译，现代出版社 2014 年版，第 265 页。

一、忠实原则

莫言获奖后，就葛浩文翻译的功过是非大讨论，在国内外沸沸扬扬，肯定者占主流地位，但否定者的呼声亦很高，其交锋的焦点是中国传统翻译家们与译介学学者就葛浩文译作“忠实性”的问题所进行的讨论。有学者认为葛浩文在翻译莫言具有异质文化特征的小说作品时，在很多场合采取的是删减文化负载信息来减少译文在译入语文化中的接受困难，运用“伪忠实”的译法展现中国文化和汉语的语言特点，进而传达原文本的“异国风情”。[①] 据莫言披露，葛浩文在翻译莫言小说的过程中为了准确翻译，曾给他写信上百次，与他通话无数。有时，为了一个字或他所不熟悉的内容而反复与莫言磋商。葛浩文曾表示过对原作进行易化处理的态度：“我忠实地在为两部分读者服务，这一信念推动我兴致勃勃地将中国作品译成易读、易懂、易找到销路的英文书。”[②] 但这并不意味着他放弃了忠实的原则。在浩瀚无边的中国文学作品中找到易于被英语读者接受的作品，并不是一件容易的事。他意识到译者的工作就是用自己的母语将作者的思想表达出来，并且，“翻译的内容必须与原文的内容一致，忠实就成了译者的首要任务”[③]。对于译者在翻译过程中导致文体与风格失真的现象，葛浩文曾经进行过猛烈的抨击，对失真的译文中矫揉作态、古古怪怪，甚至是佶屈聱牙的翻译深恶痛绝。事实上，由于语言和文化的差异，在翻译过程中原文的意蕴必然发生变化，翻译也因而不可能完全对等。译者的翻译观对于

---

① 邵璐：《莫言英译者葛浩文翻译中的“忠实”与“伪忠实”》，载《中国翻译》，2013 年第 3 期，第 62 页。

② Howard Goldblatt，“The Writing Life”，*Washington Post*，April 28，2002，p.101.

③ Howard Goldblatt，“The Writing Life”，*Washington Post*，April 28，2002，p.101.

处理复杂的跨文化交流活动，从而促成两种语言以及两种文化的交流至关重要。葛浩文一直坚持译者应该忠实地传达原文和原作者的意图，但不是对作者所写语句的直译，他更看重对意义、风格与审美的忠实。鉴于此，无论学术界对葛浩文就莫言作品的英译有什么样的负面评价，莫言小说能够走向世界，增强中国文学在世界文学中的影响力，葛浩文的功劳都是不能抹杀的。虽然莫言小说已被译成多种文字，但英语在域外的影响力却远远大于任何其他一种语言，况且有些其他语言的译本也是在葛浩文的英译本基础上再次转译的。再者，从中介的角度来看，葛浩文曾提到伟大的俄罗斯诗人普希金说过，“译者是人类精神的传递者”。歌德也说文学翻译是“在世上普遍的沟通中，是最重要，最有品位的一项”[①]。尽管如此，葛浩文却无奈地意识到翻译家们付出的辛苦努力与他们所得到的鼓舞和名声很少成正比。《文汇报》在 2013 年 9 月 11 日发表了一篇题为《“连译带改”风格遭质疑莫言作品英译者选择“妥协”》的文章，严厉批评葛浩文在翻译时“连译带改”，甚至在翻译《天堂蒜薹之歌》时，把原作的结尾改成了相反的结局。葛浩文对此的解释是在他翻译完全稿后，出版社的编辑认为莫言的《天堂蒜薹之歌》读罢让人充满了愤怒，但以官方报道的形式结尾却有些不甚明了，人物的结局并没有交代清晰。他把编辑的看法告诉了莫言，十天之后，莫言发给他一个全新的结尾。他又用了两天的时间将这个新结尾翻译出来，出版社的编辑和莫言双方也都表示比较满意。从此之后，“再发行的中文版都改用了这个新的结尾”[②]。虽然学术界对葛浩文英译的莫言

---

① ［美］葛浩文：《葛浩文随笔》，史国强编，闫怡恂译，现代出版社 2014 年版，第 46 页。

② 刘云虹、许钧：《文学翻译模式与中国文学对外译介——关于葛浩文的翻译》，载《外国语（上海外国语大学学报）》，2014 年第 3 期，第 11 页。

作品研究聚焦于“忠实”与否，但葛浩文认为翻译的质量是最重要的。在针对葛浩文译作评价所做的统计中，翻译质量褒大于贬。读者对大多数译作感到满意，葛浩文就觉得非常值得。如果葛浩文的翻译质量受到好评，销售也很成功，他就会特别开心。葛浩文对莫言作品翻译进行自我评价道：“如果评论界认为莫言的作品好，那就是作者和译者的共同功绩；反之，就是译者的过错，今后当继续努力，把作品译好。”①

二、读者意识

对于美国读者喜欢的小说类型，葛浩文一直以来都有着特殊的关注。② 中国作家中之所以莫言和苏童的小说受到葛浩文的青睐，关键在于这两位作者的小说既符合译者的口味，也能够吸引国外读者的兴趣。他们的小说都属于严肃文学，对人性的挖掘与探索以及对社会的反思与批判符合译者个人的喜好，而且也能吸引普通读者兴趣。

对于目标读者，葛浩文认为作为译者肩负的责任非常大，作者、文本和读者都需要兼顾。在这三者中读者是最重要的，而非作者。如果中国译者把中国文学作品翻译成外语给外国读者阅读，出于文化和审美的差异，译文不符合外国读者的审美需求，译作的影响力也会相应地降低。在阅读中国文学作品时，如果哪部作品让葛浩文兴奋不已，他就会不由自主地将其译成英文。他说道：“我译故我在。”③ 当他想到，作为翻译，他穿越在两种文化与两种语言之间忠实地为读者服务时，

---

① ［美］葛浩文等：《我行我素：葛浩文与浩文葛》，载《中国比较文学》，2014 年第 1 期，第 39 页。

② 季进：《我译故我在——葛浩文访谈录》，载《当代作家评论》，2009 年第 6 期，第 45 页。

③ 季进：《我译故我在——葛浩文访谈录》，载《当代作家评论》，2009 年第 6 期，第 45 页。

那种满足感能让他始终保持心情愉悦。因此，多年来将各类中文作品翻译成可读性强的、易于理解的、畅销的英文版本成为他的一大乐事。[①]正是出于对中国文学作品的喜爱，他才进行翻译，他说，“我只译我喜欢的小说”[②]，这为他的翻译取得成功起到了重要作用。面对场面宏大、人物关系错综复杂、历史文化庞杂的中国文学作品，葛浩文力争保证译文的文学性和可读性，这正是充分考虑到西方读者阅读体验的结果。对葛浩文在翻译过程中所体现的“读者意识”的探讨，将有助于理解读者因素在中国文学海外传播中的作用。

葛浩文的译本很好地满足了西方读者的主流期待，原因便是葛浩文在翻译过程中能够做到从读者的角度出发。香港岭南大学的孙艺风教授认为，葛浩文翻译之所以能够取得成功“在于极好的灵动性与可读性”[③]。与中国译者相比，外国译者更注重译作的可接受性。外国译者具有熟知译入语文化的优势，能顺应读者的审美期待，从而使译作具有可接受性。葛浩文在翻译过程中有所“叛逆”的根本目的就是顺应英美读者的接受习惯。如果文学翻译引起读者反感或文化碰撞的话，无论多么忠实的译文都将无法起到文化交流的目的。葛浩文以读者的眼光，从全局出发对原文进行调整，是为了让读者乐于接受。中国文学“走出去”要侧重译作的可读性与可接受性。若单以忠实作为标准进行评价的话，葛浩文的翻译确实不能算是最好的，但他的译文却更具英语国家文学的色彩，使西方读者能够欣然接受。

特立独行的德国汉学家顾彬把姜戎的《狼图腾》、苏童的《河岸》、

---

① Howard Goldblatt，“The Writing Life”，*Washington Post*，April 28，2002，p.101.

② ［美］葛浩文：《我只译我喜欢的小说》，http://www. cssn.cn/ts/ts_dsft/201312/t20131212_906180.shtml（访问时间：2013 年 12 月 12 日）。

③ 孙艺风：《翻译与跨文化交际策略》，载《中国翻译》，2012 年第 1 期，第 16 页。

毕飞宇的《玉米》在国际文坛上的声誉和地位归功于葛浩文。他认为："葛浩文对原作的改写使得英译本能够很体面地面对西方读者。"[①] 顾彬认为葛浩文用他自己的语言纠正了原文中的缺陷。对西方读者来说，他所做的删减使小说可读性更好，尽管最终的译文已与原文发生了显著变化。鉴于中西文化的巨大差距和西方文化对中方文化先入为主的偏见，优秀汉学家在翻译时已经对本国意识形态、文化环境与接受现状有了深入了解，他们会按照西方读者的文化心理与审美取向，处理各种语言和文化问题，从而赢得更多外国读者的喜爱，有助于中国文学进入世界文学的领域。这并不是说像英国翻译家阿瑟·韦利那样为了降低阅读难度，对《西游记》进行随意改写也是行得通的。葛浩文就曾对其进行过尖锐的批判，指出其大量删减文化词汇，毫无原则地连删带改，连书名都被改成了《猴子》，副标题竟然是《中国的民俗小说》。这种面目全非的翻译对可读性的过度追求并没有起到良好的效果，反而招来一片骂名。在翻译《红高粱家族》的英译本名称时，葛浩文称如果译为 *Red Sorghum Family* 虽然实事求是、无可厚非，但稍显冗长。因此，他把"家族"二字省略，译为 *Red Sorghum*。如此可见，翻译家是否能掌握好这个度，是很关键的问题。

此外，葛浩文也重点强调了读者意识对于翻译小说的重要性。作为译者，他在进行翻译时始终具有强烈的读者意识。葛浩文曾在接受访谈的时候提出译者对原文进行歪曲是不对的，英文表达的水平超过原文也是不对的。在"信、达、雅"的翻译标准之中，他认为"'雅'比'信'和'达'重要"[②]。葛浩文之所以认为"雅"更重要，实际上表

① Chitralekha Basu, "Right to Rewrite?", *China Daily*, Aug. 8th, 2011.

② 闫怡恂、葛浩文：《文学翻译：过程与标准——葛浩文访谈录》，载《当代作家评论》，2014 年第 1 期，第 202 页。

现了他对读者意识的重视。这样的翻译会越来越受到欢迎，译者需要做的就是在保证译文的“可读性与可接受性”的前提下，为读者最大限度地再现原作的韵味、精神与风貌。

三、创造性叛逆

“创造性叛逆”这种说法最早源自法国文学社会学家罗贝尔·埃斯卡皮所著的《文学社会学》(1987)，他谈到不通过翻译，读者无法直接理解外国的文学作品，作者意图和读者意图是两种完全不同的概念。只有在接受“翻译总是一种创造性的叛逆”这一说法之后，翻译这个充满争议的问题才能得到解决。文学作品通过翻译被放置到一个完全不同的文学传统之中，因而翻译是一种叛逆。通过翻译，外国文学作品有了一个崭新的面貌，在与更广泛的异国读者进行文学交流中，“它不仅延长了作品的生命，而且又赋予了它第二次生命”①，所以说翻译是创造性的。译者以自己的艺术修为和审美体验在主观上努力再现原文的意愿决定了文学翻译中的创造性。译者在翻译过程当中为了达到自身的某种主观愿望而造成译作对原作的客观背离，便是文学翻译中叛逆性的直接反映。创造性叛逆的翻译观不但给中国的译介学指明了道路，也为国内正确评价葛浩文译作提供了方法。谢天振教授认为创造性叛逆这一说法不但“确实击中了翻译问题，尤其是文学翻译的要害，并且提出了一个极富建设性的课题”，从而“深刻地揭示了翻译行为和翻译活动的本质特征”。②

---

① [法] 罗贝尔·埃斯卡皮：《文学社会学》，王美华、于沛译，安徽文艺出版社 1987 年版，第 137—138 页。

② 谢天振：《论文学翻译的创造性叛逆》，载《外国语(上海外国语学院学报)》，1992 年第 1 期，第 32 页。

以葛浩文英译《红高粱家族》为例，叙述者是“我”余占鳌的“干儿子”余豆官。两条叙事线索，少年余豆官的顺叙和成年余豆官的倒叙，在小说中交替出现。时空交错中叙事场景的频繁变换有时甚至让中国读者也感觉难以跟上节奏。莫言天马行空的描述很难让英语读者把握清晰的脉络，因此，葛浩文为使英语读者毫不费力地厘清原作故事的先后顺序，采用创造性叛逆的翻译方式，对叙述进行了重组，使译文的时空关系更加清晰化，事件发生的先后顺序更加逻辑化。

由此可见，在文学翻译中，译者背离原作的初衷，增减、修改，甚至于杜撰原作内容，确实更改了原文，这种做法使原作有了一个崭新的面貌。但是，这种调整并不是无节制的删改，葛浩文对原作的处理是有选择性的，如果仅仅是语言层面，他会凭借英语的习惯表达去翻译，“而对于作者含有特殊表现目的的部分，他会努力保留”[①]。因此翻译过程就是再创造的过程，然而，这种创造性不是随意的，译者必须忠实于原文内容。对原文内容任意增删、篡改乃至破坏原文意境的方式亦是不可取的。

葛浩文精通英语和汉语两种语言。曾经有人问他，既然他本人的写作能力也很强，为什么不自己从事文学创作而偏偏要从事翻译这一行，葛浩文答道：“我喜欢拿中文读，用英文写。”在他看来，这是一种对语言之间存在的不确定性的“挑战”，翻译家“既要创造又要忠实”，在两者之间免不了要采取“折中”的态度，即意大利谚语中所说的“翻译即背叛”。[②]此提法与法国文学社会学家埃斯卡皮提出的“创造性叛逆”

---

① 张毅、綦亮：《从莫言获诺奖看中国文学如何走出去——作家、译家和评论家三家谈》，载《当代外语研究》，2013年第7期，第54页。

② 中新：《葛浩文译本被赞比原著好》，http://news.xinhuanet.com/book/2012-11/03/c_123909090.htm（访问时间：2012年11月3日）。

(creative treason)有异曲同工之妙。由此可见，翻译并非语码之间的简单转换，在文化转向视域下译介学对传统翻译理论的解构对于了解葛浩文的翻译观和分析其翻译实践给出了指引。如葛浩文所说："作者是为中国人写作，而我是为外国人翻译。"[①] 作品在跨越了国家界限的过程中也跨越了文化，叛逆在所难免。

对原文与译文的细致分析和对翻译过程中的影响因素进行分析可以得出，在翻译中，适度的"叛逆"是合理的，也是极为必要的，正如中国翻译理论家许钧教授所言："愚笨的'忠诚'可能会导向叛逆，而艺术的'叛逆'可能会显出忠诚。"[②] 显然，葛浩文若没有对博大精深的中国文学的赤诚之心和对中国古老文字的热爱，他即使运用再多的翻译技巧也无法达到这样精准的翻译效果。继 2012 年莫言获得诺贝尔文学奖以来，中国学术界对莫言作品的研究热情一直持续升温，翻译家葛浩文对莫言的多部长篇小说的翻译和推介也引起越来越多读者的兴趣，学术界对他们的研究热情空前高涨。莫言获得诺贝尔文学奖的一个很重要的原因就是他的作品很受国外翻译家的青睐。这就存在着文化翻译研究当中的可译性问题。有些用中国地方方言进行创作的作品，其中的风土民情很难被翻译，这类作品的域外传播也因此受到了影响。通过分析葛浩文的翻译观，可以看出翻译不仅仅是一个简单的语言问题，其中还包括目的语的文化语境与读者的接受心态、源语与目的语的关系等要素，证明译者的主体性、作品的可译性、改写策略、归化与异化策略的选择等方面在翻译过程中都会起到关键的作用，对译作在译入语国家的接受也是至关重要的。葛浩文在向英语世界推介中国现当代文学作品方面做出了巨大的努力、取得了卓越的成就，因

① 郭娟:《译者葛浩文》，载《经济观察报》，2009 年 3 月 23 日。

② 许钧:《文学翻译批评研究》，译林出版社 2012 年版，第 20 页。

此，对他在翻译莫言小说时所采取的文化翻译观和翻译策略进行深入研究将会对今后的中国文学翻译有所借鉴。

第四章 葛浩文英译莫言小说的文化翻译策略

文化翻译是当代国际翻译界非常前沿的理论，该理论涉及极其复杂的各种语言在异质文化之间进行交流的问题，葛浩文对莫言小说的翻译完全是在这个框架下进行的。对于译者而言，翻译工作所要达到的目标是译者需要首先予以考虑的因素，葛浩文也不例外。在论及文学翻译的目标时，葛浩文在美国学术专刊《今日中国文学》曾发表文章，对这个问题做了阐释。他认为他不敢断言他是否已经形成了自己的翻译哲学，也无法确定他的翻译哲学是什么，但他有着自己的翻译途径及目标。他是"带着敬仰、敬畏和激动"的心情来接受一个将要进行翻译的新文本的，与此同时，他"还有一些担忧和顾虑"。他时常在问自己是否也会像原文读者那样"以同样的方式欣赏原文"；他是否使原文作者在向其他新读者进行诉说时，不仅让原作者的新读者能够读得明白，也"让他们获得和原文读者相称的愉悦、敬畏或无论是其他的什么感觉"。[①] 这段话充分表达了葛浩文的翻译目标，即他所设定的文学翻译标准。

---

① Ge Haowen, "A Mi Manera: Howard Goldblatt at Home—A Self-Interview", *Chinese Literature Today*, Vol. 2, 2011, pp.97–104.

针对葛浩文英译中国文学作品进行研究的主要阵地在中国学术界。孙会军教授曾对葛浩文的英语译本做过深入研究，她认为翻译理论的作用其实是一种“无用之用”；翻译理论的功能是“对翻译活动现象和规律的认识、描述、分析和探讨”；翻译理论所揭示的是译者对翻译这一特殊语言活动的实质，是对于“翻译活动的各项基本规范以及翻译过程中的行为模式”的认识；翻译理论不可能直接用于指导某一项特定的翻译活动，译者也未必需要掌握多么高深复杂的翻译理论才能进行翻译。然而，一旦译者对翻译理论有所涉及，“对于了解翻译活动的本质规律”，“正确地认识翻译”，并“形成翻译思想”，还是大有益处的。“葛浩文的翻译水平高，得到广泛认可，跟他的学术水准以及大量阅读翻译理论不是没有关系的。”①

莫言2000年在科罗拉多大学讲演时提到，葛浩文在翻译其作品时曾给他写过100多封信，给他打的电话更是不计其数。葛浩文甚至会为了一个字的翻译，反复与莫言磋商。莫言有时不得不以画图的方式向葛浩文说明其作品中的某个问题。莫言曾提到自己的作品能够由葛浩文来翻译，足够幸运，并夸赞道，“葛浩文教授不但是一个才华横溢的翻译家，而且还是一个作风严谨的翻译家”②。葛浩文本人则明确表示他热爱翻译事业的“挑战性、模棱两可性和不确定性”。葛浩文同时又指出，他喜欢创造性和忠于原著与译著之间的紧张关系，甚至是“必要的妥协”。他说：“我天生就爱翻译，翻译是我的爱好。对我而言，翻译就像空气一样，没有翻译，我就不能生活。”③

---

① 孙会军：《葛浩文和他的中国文学译介》，上海交通大学出版社2016年版，第121页。

② 莫言：《我在美国出版的三本书》，见《莫言演讲新篇》，文化艺术出版社2010年版，第122页。

③ ［美］葛浩文：《葛浩文随笔》，史国强编，闫怡恂译，现代出版社2014年版，第32页。

葛浩文对翻译事业的热爱及其对莫言小说的偏爱，使他能够全身心地投入中国文学的翻译当中。由于文学作品具有一定的阶段性和历史性，因而翻译策略也必须适应这种阶段性特点。当翻译作品被放置于整个文学系统的中心位置时，译者就会更多地引介原作语言中创立的语法体系、语言特征和文学表达手法；而当其处于文学系统边缘位置时，译者就应倾向于目标语的规范。现阶段中国文学走出去，就需要顺应翻译的这种特征，以使译作适应目标语的语言与文化环境。翻译的这些基本原则对于研究葛浩文英译莫言小说所使用的文化翻译策略具有指导性作用。

第一节 译者的显身

翻译家对译作的成功与否起着决定性的作用，但葛浩文却认为译者通常都是“籍籍无名的人”。他打比喻来形容译者是世界文学中“无人赞美的英雄”[①]。翻译家，即译者，是翻译实践中的主体，是翻译过程中不可或缺的最基本要素，因为译者的水平决定译本的质量。在传统翻译观中，译者坚持的是原作中心论，以“信”和“忠实”作为判断译本质量的基本标准，翻译中译者主观、能动地介入往往被忽视。然而，译者的这种介入又是客观存在的。20 世纪 80 年代，西方翻译界在“文化转向”过程中突破了单纯从语言层面翻译的束缚，把翻译关注的重点由原文本读者转向目的语文本读者，而翻译理论界也把翻译研究的

① ［美］葛浩文:《漫谈中国新文学》，香港文学研究社 1980 年版，第 101 页。

重点从单纯的语言研究转向了文化研究，进而使译者主体性的研究受到翻译界的普遍重视。多年以来，我国翻译界也对译者主体性进行了深入研究，著名法语翻译家、译介学专家许钧教授就曾提到这个非常令人遗憾的事实：长期以来，我国的翻译界也忽视了翻译活动中最积极的活动因素，即“翻译主体的主观能动作用”[①]。中国学者的观点也极大地肯定了译者能动性以及译者在翻译过程中的决定性作用。

译者的显身与隐身只能通过译本才能表现出来。将中英文版本进行比较，并对两种语言的文本进行研究，人们才能够看出葛浩文在英译莫言作品过程中是如何运用其译者主体性和创造性的，又是如何对作品原文的叙述顺序重新进行调整、对原文的某些语言表达方式进行改动以及对其中的一些文化因素予以准确把握并恰当翻译的。例如，葛浩文在对《檀香刑》的猫腔戏词进行翻译时，运用了对仗和尾韵等修辞法，使译文更具有审美的创造性。翻译过程中这类改动和译者主体性的发挥直接相关，进而使莫言小说的英语译本在易于被英语读者接受的同时，还能将原文的韵律和风格完美地展现出来。事实上，除了文本对比和分析以外，在葛浩文翻译过程中对其主体性发挥的影响因素也是一个非常值得研究的方面。根据中国比较文学专家查明健教授对译者主体性的界定，译者的主体性是指译者作为翻译过程中的主体，在尊重原文的前提下，“为实现翻译目的而在翻译活动中表现出来的主观能动性”[②]。这种现象表明，由于译者的文化意识、人文品格和文化审美创造性的差异，他们的主体性发挥也会存在差异。作为一名资深中文翻译家，葛浩文对莫言小说原文和作者持尊重和理解的态度，其对

---

① 许钧：《“创造性叛逆”和翻译主体性的确立》，载《中国翻译》，2003年第1期，第6页。

② 查明建、田雨：《论译者主体性——从译者文化地位的边缘化谈起》，载《中国翻译》，2003年第1期，第19页。

小说原文本表现出来的强烈的文化敏感性，不但持严谨且又认真的翻译态度，同时又能够运用各种具体的翻译技巧获得译文的创造性美感。翻译家的这些特质使葛浩文在翻译过程中能够自如地发挥其主体性和创造性，从而在翻译的过程中“创作”出优秀的译著。

译者的翻译实践又会受到其他多方面的影响与制约，以调侃的话来形容，翻译就是“戴着镣铐的舞蹈”①。但是，译者的地位仍然没有随着翻译研究的“文化转向”而在社会上受到应有的关注与提升。由此看来，译者主体地位的提升已经成为国际翻译界应该共同关注的问题。

葛浩文是翻译界中著名的汉学家，他保持着自己的独立人格。他曾明确表示，选取一本不具有代表性的劣质作品，或者只选取对其他方面，诸如政治方面有鼓动效应的书进行翻译，就是译者对翻译的一种纯粹的误解，是“一种绝对不可原谅、不可饶恕的罪过”②。从葛浩文翻译的为数众多的中国文学作品来看，他选择翻译的作品大多都是中国国内读者和评论界认可的获奖作品。其中很多作品深入探索了人性且具有较高的艺术水准；尽管其选材和翻译不可能完全摆脱“东方主义”的影响，但学术界和批评界也并没有足够的证据证明他翻译的作品是服务于西方权力话语的，亦无强化东西方的政治文化分野、凸显西方文化优越性的企图和效果。正相反，西方读者恰恰是通过阅读葛浩文的译作，才进一步增进了对中国社会、文化和文学的了解。

① 莫言:《翻译是带着镣铐的舞蹈》, http://news.ifeng.com/a/ 20160816/49781459_0.shtml（访问时间：2016年8月16日）。

② ［美］葛浩文:《葛浩文随笔》，史国强编，闫怡恂译，现代出版社2014年版，第11页。

一、译者显身的必要性

译者在翻译过程中能否显身是翻译界争论的一个焦点。在中国传统的翻译观念中，翻译理论家通常认为译者应该隐身，然而，异质文化中的两种不同语言在进行转换时，译者又很难做到完全隐身。在文化翻译观中，译者主体性要求译者在作品的选择、文化内涵相关词汇的阐释、译文对原文结构的调整以及某些内容的删改等过程中表现出主观能动性，因此译者完全隐身是不可能的。一般说来，译者的精力是有限的，因而译者不可能把读过的每部作品全都原封不动地翻译过来，这就需要译者对拟翻译的作品有所选择。葛浩文就是这样一位翻译家，他对此有着清醒的意识，认为翻译家在开始着手翻译前就会面临许多问题，其中最重要的问题就是“选择什么来译”，如果作品选择错了，那就是“浪费”，因而，译者最重要的任务是“挑选作品”，而“不是翻译”。[①] 在作品选择方面，葛浩文遵循两条原则：第一，选择他所喜欢且又适合他翻译的作品。这样的作品应该在译文中不会造成额外的情感表达，且内容与精神内涵不会被削弱；第二，要事先就考虑到该作品翻译后的市场营销与读者的反映。葛浩文认为他对此也无法预测，但是在他心中却一直持有这条标准，并以此来衡量美国读者能否接受作品的译文。葛浩文直言，他“当然还是更喜欢有文学价值的作品”[②]。

葛浩文对莫言作品的选择可以在其《葛浩文的汉译之旅》一文中得到见证：葛浩文在香港科技大学的一个朋友给他寄来一份刊物，里面

---

① ［美］葛浩文：《葛浩文随笔》，史国强编，闫怡恂译，现代出版社 2014 年版，第 11 页。

② 罗屿：《葛浩文：美国人喜欢唱反调的作品》，载《新世纪周刊》，2008 年第 10 期，第 120 页。

登载了莫言的《天堂蒜薹之歌》，他建议葛浩文对这篇作品给予关注。于是，葛浩文就开始看这部作品。令他惊讶的是，莫言竟充满激情地写出了这样一部小说。作品中既有恨，又有爱。葛浩文当下就表示一定要翻译这部作品。于是，葛浩文就给莫言写信谈及此事。莫言也马上回信说，葛浩文愿意翻译他的这部作品令他非常高兴。此后，葛浩文又于在台北的朋友家中做客时，问他这个朋友是否能够向他推荐可译的“好书”，那个朋友就向葛浩文推荐了莫言创作的《红高粱》。葛浩文刚看了一点儿这部作品，就按捺不住翻译的冲动。于是，葛浩文决定暂时放下《天堂蒜薹之歌》，先翻译《红高粱》这部作品。他认为莫言的《红高粱》这部作品绝对是文学创作上的一个突破。葛浩文马上又与莫言通信，认为：“《天堂蒜薹之歌》是很了不起的，但是这本书（指《红高粱》）恐怕更值得我做。”[①] 从葛浩文对莫言作品的选择来看，足以说明译者对翻译作品的选择是对原作者和译文读者产生影响的首要因素。

由于近代以来中国文学在世界多元文学体系中一直处于边缘地位，尽管近些年来中国在国际上的地位有了显著提升，但中国文学在世界文学中还并没有获得应有的重视。即使偶尔有个别中国文学作品被西方译者翻译成外文，但译者看重的也未必就是其文学价值。相反，在很大程度上，西方译者是将其作为了解中国社会的文献来进行翻译的。其中，很多西方译者在翻译的过程中，往往只是机械地传递原文的信息内容。葛浩文对这种现象非常清楚，正如他所言，小说的“风格在被解构的过程中遭到扼杀”，出版商、译作评论家、读者要求译作要有

① ［美］葛浩文：《葛浩文随笔》，史国强编，闫怡恂译，现代出版社 2014 年版，第 215 页。

"可读性"，"因而译者个体的角色和能力没有得到应有的重视"。[①] 葛浩文还认为，翻译家一度还被看成"作家原创作品的阐释者，正如同演奏家被视为原创音乐的阐释者，但现在他们更多地被看成是记录员。译者存在的价值似乎只是传递原作的信息而已"[②]。在那样的翻译环境中，文学作品中的小说被翻译成教科书，虚构的小说作品被翻译成供社会学研究使用的文献。葛浩文对这样的翻译现象持否定态度，对这样的翻译目的也不采取认同的态度。就"文化内涵词汇"而言，这是人们在跨文化交际中，在历史文化、宗教文化、生活环境、社会发展等各方面形成文化缺省的产物，此类词汇常常会给文本的翻译带来许多障碍。葛浩文认为，脚注会干扰读者的阅读，因而他尽量不用脚注，而更加喜欢在文中对一些具有文化内涵的词汇进行简短而自然的解释，偶尔加个简单的尾注来对相关文化内涵词汇进行解释和说明。

葛浩文在其《中文写作的跨界旅行》（"Border Crossings: Chinese Writing, in Their World and Ours"）一文中对译者的角色做了界定。他认为，文学翻译家在异质文化之间扮演的是协调者的角色。葛浩文将其毕生的精力都投入协调中美异质文化的事业，在英语世界推介以小说为主的中国现当代文学作品。然而，在美国的文学市场上，中国当代文学作品一向占有很小的比重。在这样的境况下，若想让中国当代文学作品像马尔克斯、略萨、昆德拉以及其他欧美作家那样进入西方主流文学中就显得非常困难。出于翻译家的道德准则，葛浩文所从事的正是通过自己的努力来增进异质文化及其文学之间的相互理解与沟通，

---

① Howard Goldblatt, "Of Silk Purses and Sows' Ears: Features and Prospects of Contemporary", *Translation Review*, Vol. 59, No.1, 2000, pp. 21-27.

② Howard Goldblatt, "Of Silk Purses and Sows' Ears: Features and Prospects of Contemporary", *Translation Review*, Vol. 59, No.1, 2000, pp. 21-27.

以目的语文化和文学系统能够接受的英文表达形式来翻译中国文学作品，但又尽量做到不使中国文学中所特有的语言和文学表达形式受到损伤，进而使其译作最终能够对目的语的文化和文学起到丰富和充实的作用。译者作为“文化协调者”的角色，其作用更多的还是体现在具体的翻译过程中，体现在译者对于一些人名、地名、文化内涵词汇和文学风格的理解与翻译。针对中国作品进入西方文学主流还面临另外一个障碍，那就是被翻译成英文的中国文学作品在数量上非常有限。因而，葛浩文认为建立一个题材宽、代表性强的中国小说与诗歌的“翻译语料库”[①]供读者阅读是中国文学翻译家的当务之急。由外国翻译家建立的中国文学翻译网站“纸托邦”（The Paper Republic）已经开始了这项工作，随着翻译语料库的建立，今后，中国文学将会对西方作家和读者产生更大的、持续的影响。

在葛浩文撰文的“A Mi Manera: Howard Goldblatt at Home: A Self-Interview”（《我自己的方式：葛浩文在家中的自我访谈录》，2011）中，他再次谈到了翻译批评的问题。葛浩文的这次访谈录内容主要针对学术界围绕他的翻译所做的评论而阐发一些感想。由于葛浩文的译文通常是学者和翻译研究者的研究对象，因而也常常都是被一字一句地进行认真比对的。葛浩文说，批评界的这些比对、审视促使他在翻译作品的时候更加警觉和谨慎。在2014年出版的译著《蛙》中，葛浩文做到了一字未改，也是出于对批评家的忌讳。在巨大的压力面前，葛浩文选择了妥协。每当有人指出他译文中的错误时，他虽然觉得有些羞

① Corinne H. Dale (ed.), *Chinese Aesthetics and Literature—A Reader*, New York: State University of New York Press, 2004, p.281.

愧，但又总是心存感激之情。[①] 葛浩文曾表示，他希望中国学术界能够从更加宏观的角度来评论他的译作，能够从总体上对他的译文在多大的程度上成功地、忠实地再现了原文做出评价。葛浩文这里所说的“忠实”包含“语气”“情感”“内涵”和“外延”等。很多学术论文在对其译文进行批评时认为，葛浩文对某些具体的文化和历史内涵词汇应该加注并进行解释的地方却没有加注，或者是他对某个典故的解释不够准确。葛浩文认为此类评论对他帮助不大。他经常会接收到大量邮件，被问及翻译的细节问题，对此，他一般不予以回答，因为读者所读到的译文就是他尽自己最大努力所做出的翻译。他还指出，从事翻译批评的人至少要对原文熟悉，才能够做出有价值的评价。还有人批评葛浩文在译作中用自己的风格取代了原作的风格。对此，葛浩文认为译者的风格是客观存在的，因而这样的评论者实在是有些苛刻。葛浩文就是以这样的原则和实践，实现了他译者显身的翻译理念。

二、译者主体性在翻译中的体现

从隐身走向显身是译者主体性在翻译过程中的体现，也是译作中对译者独特风格的体现。在中国传统翻译观所秉持的“信、达、雅”标准和“译者是原作者仆人”这种旧有观念下，隐身的译者是否应该在译作中出场和现身，并以此来提高译者的主体性地位，这是当今翻译界一个非常值得探寻的问题。事实上，以“原著中心论”或“作者中心论”的翻译原则来严格要求译者恪守“隐形人”或是“为原作者做仆人”的标准，消除了译者作为能动个体在语言及文化转换方面的

① Ge Haowen, “A Mi Manera: Howard Goldblatt at Home—A Self-Interview”, *Chinese Literature Today*, Vol. 2, 2011, p.97.

功绩，这样的译文反倒不益于目的语读者对作品的普遍接受。以《红楼梦》的翻译为例，英国翻译家大卫·霍克斯（David Hawks）翻译的 *The Story of the Stone* 与中国老一辈翻译家杨宪益和戴乃迭夫妇翻译的 *The Dream of the Red Mansion* 相比，在美国读者中后者的译作就没有达到前者被广泛接受的程度。这个例子说明，中国译者由于过分强调忠实原著而缺少译者主体性，进而造成目的语读者对译作接受的困难。美国绝大多数读者认为，在葛浩文的译作中，人物更为生动，个性更加复杂，也更具戏剧性和真实感。长期以来，评论家和读者认为，对域外文学作品的译作进行评论时，译者如若以隐身的形式出现，译文中没有译者的翻译痕迹，实际上是抹杀了译者在翻译过程中参与作品“再创作”的作用。由于翻译本身是带有译者主观性的一项工作，因而译作也是译者价值观、人生观、目的语水平以及文学底蕴的综合体现。另外，译者在翻译过程中的显身并非与中国长期以来秉持的“信、达、雅”翻译标准相背，而是更加有助于促进文学翻译的良性发展。葛浩文在《红高粱家族》中多处采取直译与音译相结合的方法，既保留了中国文化的语言特色，又体现出“译者在处理文化专有名词方面的主体性”[①]。例如：

奶奶手中的剪刀掉到炕上。[②]

The scissors dropped from Grandma’s hand onto the Kang.[③]

---

① 孙宇:《文化翻译视域下葛浩文对莫言小说英译的启示》，载《学习与探索》，2017年第5期。

② 莫言:《红高粱家族》，作家出版社2012年版，第119页。

③ Mo Yan, *Red Sorghum*, Howard Goldblatt (trans.), London: Arrow Books, 2003, p.138.

汉语中的“炕”被葛浩文音译为“Kang”。“炕”是在中国寒冷的北方农村被人们用来取暖和睡觉的地方。对于西方读者来说，这个词是非常陌生的，如果翻译成 bed，反而不符合山东高密人的真实生活状态。鉴于此，葛浩文在对该名词进行英译时做了异化的翻译处理方式，直接使用该词的拼音来解决没有英语对等词的难题。葛浩文为“Kang”这个名词所做的解释性文字为“the brick-and-tamped-earth sleeping platform”（砖和硬土为结构的睡觉平台）。葛浩文采取的这种译法不但反映了中国北方人的生活特色，同时还吸引了英语读者的阅读兴趣，而且为英语读者了解中国文化提供了素材。

2013 年，葛浩文翻译的《檀香刑》英译本出版，这是继莫言获得诺贝尔文学奖《四十一炮》（*POW!*）于当年 12 月出版之后的第二个英译本作品。《檀香刑》原作在 2008 年出版。莫言把这部小说分成凤头部、猪肚部和豹尾部三个部分。第一部分和第三部分的叙事从轮番登场的孙眉娘、赵甲、赵小甲、钱丁、孙丙这五位不同人物的第一人称视角展开。在第二部分，作者采取了全知全能的第三人称叙事视角。在一前一后两个部分中，作者使“各个主人公登上舞台，唱出不同的声音，如同一个乐章的不同声部，互相对话，互为补充，共同奏响整部乐章”①。可见，“声音”是这部小说的亮点，但也是翻译的难点，每个人物的言说方式又大不一样，不同的风格可译与否对葛浩文来说是一个很大的挑战，但是他却偏偏喜欢这种挑战，并享受这种挑战给他带来的成功喜悦。在这部小说的翻译问题上，葛浩文在英文版 *Sandalwood Death* 的译者序里讲到，如果想翻译好莫言的这部充满力量的历史小说，就要面对各种挑战，他所面临的第一个挑战就是如何翻译题目。“檀香刑”

---

① 刘新铭:《猫腔里的爱恨情仇——谈莫言〈檀香刑〉叙述方式的开拓创新》，载《剑南文学》，2011 年第 5 期，第 1 页。

的字面意思是旧中国以檀香木板穿透犯人全身来惩罚或折磨罪犯的一种刑罚。但是，在这样一部以声音、节奏、韵律和声调为基调的作品中，葛浩文采取了多种译法来翻译题目，都感到不满意。他认为，"'檀香刑'在汉语中有三个音节，由于Sandalwood已经用掉了三个音"，所以只能选一个很短的音节来翻译'刑'"，这就是"Sandalwood Death"的来历。[①]在其译作*Sandalwood Death*中，葛浩文在翻译"爹"和"公爹"时，并没有将其译成"father"和"father-in-law"，而是极具创造性地将其音译成"dieh"和"gongdieh"，如下为例：

> 到后来，俺亲爹被抓进南牢，俺公爹给他上了檀香刑。（俺的个亲爹呀！）[②]
>
> In the end, my dieh was taken to South Prison, where my gongdieh's sandalwood death sealed his doom.（My dieh, who gave me life!）[③]

这种译法除了能够体现原文的语言特色以外，还能给域外读者一种新颖、出乎意料的感觉，同时又暗示出这两个与孙媚娘休戚相关的男人的最终结局。读者在领略书中人物的语言特点时，能够更加深刻地感受到译者独具匠心的译法。为说明这些异域文化色彩较强的单词，葛浩文在*Sandalwood Death*这本书的结尾处列出了书中的一些独具特色的专有名词翻译对照表，足以看出译者体恤读者的良苦用心。

---

① Mo Yan, *Sandalwood Death*, Howard Goldblatt（trans.）, Norman：Universty Press of Oklahoma，2013, *Preface*, p. *ix*.

② 莫言：《檀香刑》，作家出版社2012年版，第4页。

③ Mo Yan, *Sandalwood Death*, Howard Goldblatt（trans.）, Norman: University Press of Oklahoma, 2013, p. 3.

葛浩文对《檀香刑》英译的实践表明，译者并没有满足于译文仅仅传达原文信息内容的翻译目标。为了更加完美地翻译这部小说中的声音，葛浩文几乎每一句，甚至每一个单词都要反复斟酌，尽量在译著中传达原文已有的韵律。葛浩文在译者序中表示："汉语押韵要比英语押韵容易得多。……为了寻找合适的韵脚，我可以说是绞尽脑汁、殚精竭虑，同时努力把必要的原意尽量保留下来。"[①] 在翻译莫言的《檀香刑》时，为了保持原文中猫腔戏文合辙押韵、朗朗上口的韵律，葛浩文确实下了很大功夫，如下为例：

> 您不给，俺不要，你家要得现世报……[②]
>
> If you refuse, I won't worry, for in this life you'll be sorry …[③]

另外，莫言小说中出现的第一人称代词"俺"带有极强的时代特征和地方性色彩。原作小说中除了最常用的"我"和"俺"之外，原作者还采用了"余""咱家""本官""本县""民女""妾身"等名词，由于异质文化环境中语言的差异，有些内涵是很难直接翻译的。英语里表示第一人称的代词只有"I"，而且根本无法用其他替换词来展现该词在汉语中的文体差异，葛浩文在处理这些英语中并不存在的人称代词时只好做出必要的补充说明，使其更加符合人物的个性特征。

"中国调式英语"歌剧《吟歌丽诗》的创作者、美国俄克拉荷马大学的资深中文教授石江山（Jonathan Stalling）曾创造了用汉字发音方式

① Mo Yan, *Sandalwood Death*, Howard Goldblatt (trans.), Norman: Universty Press of Oklahoma, 2013, *Preface*, p. *ix*.

② 莫言:《檀香刑》，作家出版社 2012 年版，第 13 页。

③ Mo Yan, *Sandalwood Death*, Howard Goldblatt (trans.), Norman: Universty Press of Oklahoma, 2013, p. 10.

来学习英语发音的“拼英法”。他在阅读过葛浩文翻译的《檀香刑》的一个片段，然后将其与莫言的原文进行比对之后，认为葛浩文的译文与莫言的原文相当吻合，可谓天衣无缝。他高度赞扬了葛浩文的译文是莫言小说在英语中的回响，是用英语所能达到的翻译的极致典范。石江山指出，葛浩文不仅在译文中基本上再现了莫言小说中的各种声音，而且还采用了汉英两种语言非常接近的格律和尾韵。因此，中文原著里可以吟诵的地方在英语译作中同样也可以吟诵出来。他对此非常吃惊：“要知道，他翻译的并不是诗集，而是一部四百页的小说。这在很大程度上显示出葛浩文的翻译技艺。”[①]

第二节　译著对原著的改写策略

翻译是一个再创作的过程，这一点已在国内外翻译理论界达成共识。安德烈·勒菲弗尔是倡导“翻译即改写”思想的翻译文化学派代表人物之一。勒菲弗尔对此的基本观点是：第一，翻译就是改写，也就是译者对文本的操纵；第二，目的语国家的意识形态、主流诗学和赞助人的操控等因素必定要在翻译实践过程中对译者形成不可避免的影响，并促使译者对原文进行改写。勒菲弗尔提出翻译研究者应该注重考察影响文学文本的权力、意识形态、机构组织对译作被接受或被拒绝的操控等方面形成的决定性因素。他的翻译改写论是在文学翻译实际案例的基础上建立起来的。这些案例有助于了解译者对原文进行改写的

① Aimee Levitt, “Howard Goldblatt's life in translation”, *Chicago Reader*, April 11, 2013.

主观和客观因素，并深入理解译者在译入语文化系统中对处于劣势的翻译文学为争取读者的接受而进行改写的必要性。

葛浩文翻译的《红高粱家族》英译本于1993年在美国由隶属于企鹅出版集团的维京出版社出版。这个英译本由包括《红高粱》(*Red Sorghum*) 在内的五部中篇小说构成，其他四部分别是《高粱酒》(*Sorghum Wine*)、《狗道》(*Dog Ways*)、《高粱殡》(*Sorghum Funeral*)、和《奇死》(*Strange Death*)。当时，出版社编辑觉得第四章一个场景的描写显得有些突兀、多余和啰唆，就是否可以删掉征求葛浩文的意见。葛浩文又征求了原作者莫言的看法，最终得到莫言的首肯。[①] 此外，根据译者前言，葛浩文还对原作中前后不一致的姓名、时间等因粗心大意而造成的错误进行了修改。葛浩文翻译姜戎的小说《狼图腾》时改动也比较大，出版时又被出版社删掉了一些内容，但这种经改写和删减后的译作在西方读者中不仅受到了肯定，而且还为作者赢得了“曼氏亚洲文学奖”。由此可见，葛浩文对原作的改写并不是毫无原则的，而是基于提升译文效果的。

将不可译的文字用生动的语言形象地翻译出来是对译者的能力进行考验的一个重要方面。葛浩文对中国文学作品的可译性问题一直都持有积极、乐观的态度。他认为即便是在具有完全不同的文化传统的中国和西方国家之间，文化交流也不是不可能的。在葛浩文看来，刘索拉的观点显然否定了人类共有的想象力。这个问题涉及民族和本土文学的特殊性与人类价值观的普遍性之间既有区别又有联系的辩证关系。葛浩文指出，从历史的角度来说，世界文学的概念从诞生之日起就与经济地位、帝国主义乃至霸权主义相关联，而文化相对主义又使

① Howard Goldblatt, “Of Silk Purses and Sows' Ears: Features and Prospects of Contemporary”, *Translation Review*, Vol.59, No.1, 2000, p.25.

人们过于狭隘地认为生活在不同文化背景下的人们是无法相互理解和欣赏的。对葛浩文来说，翻译就是创造性地改写，在这一过程中，文学作品不但具有极强的可译性，而且其译作在跨语言、跨文化的交流中也起着十分重要的中介作用。

一、可译性与不可译性之间的悖论

葛浩文在翻译莫言作品过程中采取的策略，即对原文进行改写，并非译者在翻译时的态度不认真，以致随意篡改，而是在对异质文化中的作品进行翻译时，由原文中特殊文化因素的不可译性所导致的不可避免的现象。译者所要做的就是打破原文的不可译性，通过改写使之变得可译。实际上，葛浩文是一位非常认真严谨的翻译家，他曾经自我评价道："我是一个以实践为主的译者，是凭借所掌握的汉语及中国文化方面的知识，并依靠对英语的熟悉和喜爱以及适量的转换直觉来干这个工作的。显然，上面任何一种因素都可能将我绊倒，事实也正是如此，但是我一直尽最大的努力在语气、情感、细微的差别以及其他更多的方面保持对原文的忠实，对于这一过程中不可避免的损失，我也只能是扼腕叹息。"①

葛浩文在《红高粱家族》的英文译本中尽力用直译方法保留了中国文化的异质性，以此来向西方传递东方的情调，这样的例子在其译作中举不胜举。但是，葛浩文对直译也持审慎态度，而将"可译"作为其翻译过程中实现为西方读者创造具有可读性和可接受性译作的基本原则。其实，中西方社会意识形态差异巨大，宗教信仰也极

① Howard Goldblatt, "Blue Pencil Translating: Translator as Editor", *Translation Quarterly*, Vol. 33, 2004, p.33.

为不同，中国文学作品中东方古国的神秘对西方读者更具吸引力。例如：

奶奶受尽苦难，终于裹就一双三寸金莲。①

The results of Granny's suffering were two three — inch golden lotuses.②

中国古代男人对女人独有的一种审美标准便是“三寸金莲”。女孩很小的时候，家里的女性长辈，通常是母亲，用裹脚布分别将女孩的双脚脚趾内扣以阻止其自然生长。女孩最初虽然感觉很疼，但几年以后双脚形成如锥状的畸形物之后便没有了感觉。裹足之后的女孩走起路来臀部摆动，所以中国传统社会对于女人的审美在于她的双脚是否足够小。大脚的女人会受人嘲笑，甚至很难嫁入官宦富贵人家。这种现象是中国传统文化中独有的不良陋习，体现了中国古代妇女长期以来遭受封建礼教控制与迫害的社会地位。对于这一中国读者熟知，而外国读者却不甚了解的现象，葛浩文打破了它的不可译性，直接将其译成 three-inch golden lotuses（三寸金莲）。这种变戏法虽然显得有些特异，但传达了中国文化中独有的概念，激起西方读者对中国传统文化、习俗的探究和关注。再如：

罗汉大爷说：“兄弟，一刀捅了我吧，黄泉之下不忘你的恩德。”③

---

① 莫言：《红高粱家族》，作家出版社 2012 年版，第 37 页。

② Mo Yan, *Red Sorghum*, Howard Goldblatt (trans.), London: Arrow Books, 2003, p. 42.

③ 莫言：《红高粱家族》，作家出版社 2012 年版，第 36 页。

"Brother," Uncle Arhat said, "finish me off quickly. I won't forget your kindness down in the Yellow Springs." ①

小说原文中的"罗汉"一词原本是佛教用语，指永入涅槃不再受生死果报的僧人。在译文中，葛浩文并没有将"罗汉大叔"这个人物的名字音译成"Luohan"，而是用了"Arhat"，说明葛浩文在掌握了这个关键人物被剥皮剔骨的结局之后，做出了与之命运相对应的翻译。"黄泉"原指打井时深至所冒出的地下水呈黄色，又因人死后埋于地下，因而在中国道家文化中古人以黄泉地带作为人死后所在的地下世界，也就是"阴曹地府"，亦是"九狱九泉"之一。这与基督文化中恶人死后所下的地狱不同，葛浩文并没有用"hell"进行归化翻译，而是在译入语中增加了"黄泉"的概念。

另外，在莫言小说中，"娘"这个在古时对母亲的称谓经常出现，其实，即使是在当代社会，也有些农村地区子女仍然对母亲延续这种称谓法。葛浩文用汉语拼音保留这一称谓的原有发音，用这种异化翻译的方式使得旧时的"娘"与当代的"妈"之间的差别所形成的不可译变成可译。这种"具有想象力的原创"为葛浩文翻译莫言原作中的文化负载词提供了行之有效的翻译途径。葛浩文通常会在译文前面加上一个简短的"译者前言"，介绍他翻译该作品时所依据的原文，并附上他对作家和作品的介绍，同时解释他在翻译过程中遇到的困难以及解决这些问题的办法和途径。有时，葛浩文又会采用"译者后记"的形式来阐释类似于"译者前言"中的各项内容。可见，葛浩文在翻译中从未机械地进行文字转换和简单的信息传达，他坚信中国文学英语

① Mo Yan, *Red Sorghum*, Howard Goldblatt (trans.), London: Arrow Books, 2003, p. 37.

翻译的可译性，并特别注重传达出原文中的语言风貌。他在小说翻译中尽其努力来再现原文的文学特征，他娴熟的翻译技巧使中国当代文学作品的可译性在其笔下最大程度地体现出来。

二、异质文化之间的误释与误译

由于中国与英语国家之间存在的巨大文化差异，译者在翻译过程中很难做到不出现误译。然而，误译却可以分为两类，一类是有意为之的误译，另一类则是疏忽造成的误译。有意误译是指译者在进入异质文化模式时，出于某种目的或受到某种限制，而故意采取非对等的方式进行的翻译。此外，译者通过有意误译的方式进行翻译，目的在于寄寓或传递接受语境的某种特定需要，这也是葛浩文时常提及的译者在作品可译与不可译之间的挣扎与妥协。在下面的例子中，葛浩文考虑到中西方对待动物的文化差异，做了省译处理：

> 他确实是饿极了，顾不上细细品味，吞了狗眼，吸了狗脑，嚼了狗舌，啃了狗腮，把一碗酒喝得罄尽。[1]
>
> It was delicious. And he was ravenously hungry, so he dug in, eating quickly until the head and the wine were gone.[2]

在西方文化中，狗是人们喜欢的一种宠物，甚至被当作家庭成员。对于吃狗肉，很多西方读者很难接受。在原著中关于余占鳌吃狗头过程的描写过于细致，在中国读者看来，这表现了余占鳌作为土匪的豪

① 莫言：《红高粱家族》，作家出版社 2012 年版，第 93 页。

② Mo Yan, *Red Sorghum*, Howard Goldblatt (trans.), London: Arrow Books, 2003, p. 107.

爽，但在西方读者眼中却是不忍直视的行为。为此，葛浩文将这部分信息予以省译。

从下面例子中可以看出，无论翻译理论界做出什么样的结论，只要翻译与“权力”之间形成一定的制约与被制约的关系，翻译就难以回避意识形态对译者的制约。翻译家有时不得不在译文中掩饰其与原文作者意识形态之间可能存在的分歧。从这个方面来看，译者无疑是翻译的灵魂，在原语与译语之间起着两种意识形态之间进行沟通的作用。例如：

我们是共产党，饿死不低头，冻死不弯腰。①

We're resistance fighters. We don't bow our heads when we're starving, and we don't bend our knees when we're freezing.②

在译作中，“共产党”一词并没有被直接翻译为“a member of Communist Party”，不但译作中的政治色彩被巧妙地消除，原文中所要传达的信息也得以保留，回避了因意识形态的差异而导致读者在阅读时可能产生的抵触情绪。再如：

跟鬼子拼个鱼死网破吧！③

We'll take the Japs on until either the fish die or the net breaks.④

---

① 莫言：《红高粱家族》，作家出版社 2012 年版，第 345 页。

② Mo Yan, *Red Sorghum*, Howard Goldblatt (trans.), London: Arrow Books, 2003, p. 367.

③ 莫言：《红高粱家族》，作家出版社 2012 年版，第 177 页。

④ Mo Yan, *Red Sorghum*, Howard Goldblatt (trans.), London: Arrow Books, 2003, p. 204.

如按字面翻译，“鬼子”一词应译为“ghost”或“monster”，但在现代汉语中该词专指抗日战争期间的日本侵略者，所以葛浩文在字面翻译无法达到准确或不能达意的情况下而将其改写成“Japs”。在处理《红高粱家族》原著中出现的“共产党”“八路军”“国民党”“日本鬼子”等带有政治色彩的信息时，葛浩文都进行了改写。事实上，在实际的翻译过程中，因作者与译者分属不同语言的国家，所以社会中文化及意识形态的差异就使这种改写成为翻译的必然手段。

另外，在中国农村，人们对年长者有时会采用一些比较亲密的敬语称呼，以显示敬意和亲密关系，如莫言小说中多次出现人们为了表示对年龄稍大的已婚女性的尊敬，称之为“嫂子”，以此减少彼此之间的距离感。这是在中国传统文化和淳朴民风的基础上形成的，而不是真正意义上的血缘关系或亲缘关系。但在英文译文中，葛浩文却只能将“嫂子”一词译为“sister-in-law”①，这样在字面意义上他们竟变成了具有法律关系的亲人，非常容易让英语读者产生混淆，对作品中复杂的人物关系难以理顺。因而，译文在这种文化层面上和语篇情节上的缺失也是由于英汉语言的不对等造成的，这几乎是无法攻克的翻译难题。

作为中国翻译界讨论的热点话题，作品的可译性与不可译性近年来成为中国翻译界关注的焦点之一。从事过翻译实践的人能够体会到翻译的这种难处，因为翻译中确实有很多异质文化的内容是很难直接翻译出来的，译者只能通过各种技巧来弥补其中的不足之处，改写毋庸置疑是一个主要手段。不同语言的某些细节在翻译过程中也可能会失去，比如诗歌韵律和文化意象，在某种意义上说这也确实是无法避免的。这一点也体现出文学翻译的特殊性，因为文学作品所代表的并

---

① 莫言:《红高粱家族》，作家出版社 2012 年版，第 71 页。

不仅仅是语言文字，而且还有很多隐藏在文字之下的文化内涵。在翻译的实践中，由于某一语言文字的内容不仅包括字、词、句等多层面的意义，还受其排列方式和作者遣词造句的习惯等一系列因素的影响，文字翻译本身就难度很大，因而译者在处理翻译过程中对各个方面的因素都需要充分考虑。此外，不同语言在语法结构等方面也存在差异，译者在处理这类问题时更要谨慎；而隐藏在文字之下的内涵在翻译过程中就更难处理了，因为字里行间都有作者想要表达的意蕴，同时又有读者阐释出来的内涵，怎样处理这些文字表层意义之下的内涵，成为文学翻译的最大难点。葛浩文在其多年的中英文翻译实践中，在可译与不可译之间做了最大的努力，最终摸索出一条行之有效的路径。

三、归化与异化的翻译策略

1995 年，归化与异化的翻译理论经劳伦斯·韦努蒂正式提出之后，翻译界学者和专家对这两种翻译策略的讨论就一直没有停止过。随着中国文学作品外译量的增加，中国文学外译中所采用的归化和异化翻译策略也成为在跨文化交际中进行翻译研究的热门话题。由于原作与译作之间的文化差异，译者在翻译实践中无法完全忠实地再现原作的文化内涵。葛浩文在翻译中国文学作品时，为了既能最大程度地吸引英语读者的兴趣又能展示中国独特的文化魅力，不得不在某些地方采用了归化和异化相结合的翻译策略。事实上，意识形态、诗学和叙事在一定程度上都在影响着葛浩文对翻译策略的选择。美国在经济和政治上的霸权主义，尤其在文化霸权方面，都影响着葛浩文对翻译策略的选择。在“莫言热”和“中国文学热”兴起以及中国综合国力不断增强的现状下，更多的英语读者希望看到能够反映当代中国文化的忠实译本。葛浩文早就开始关注这个问题，1999 年他就曾发表过一篇翻译批评方面的文章《为什么我讨厌亚瑟·韦利：在后维多利亚时代翻译中文》（"Why I Hate Arthur Waley: Translating Chinese in a Post-Victorian Era"）。葛浩文在该文中探讨如何评价他的前辈阿瑟·韦利的翻译实践，并提出了"如何进行翻译批评"的问题。这个问题也是翻译研究者或批评家应如何合理、客观、公正地评价翻译家成果的问题。葛浩文的观点是应该对翻译家做出总体上的评价，因为"如果从宏观和微观两个层面对翻译家进行评价，人们可能会得出截然不同的结论"①。如果从微观角度看，阿瑟·韦利的译作中存在很多问题，他过多地采用归化的方法来翻译中国的诗歌和小说，其译文非常容易给英语读者造成一种错觉，仿佛他们是在阅读一部英文原创的作品，虽然读者阅读起来通顺流畅，但读者已经失掉了体验异域文化的新奇感觉。

鉴于此，在翻译文学作品时，译者需要最大限度地再现原作的精神与韵味，而不能片面强调和运用异化翻译或者归化翻译手段，葛浩文基本上是以这个尺度来翻译中国文学作品的。如：

> 那天夜里，俺心里有事，睡不着，在炕上翻来覆去烙大饼。②
>
> My thought kept me awake that night, as I tossed and turned on the brick kang, like flipping fried bread.③

这段《檀香刑》中"眉娘浪语"的开头部分，孙眉娘的叙述别具

① Howard Goldblatt, "Why I Hate Arthur Waley? Translating Chinese in a Post-Victorian Era", *Translation Quarterly*. Vol. 13-14, 1999.

② 莫言：《檀香刑》，作家出版社 2012 年版，第 5 页。

③ Mo Yan, *Sandalwood Death* , Howard Goldblatt (trans.), Norman : Universty Press of Oklahoma, 2013, p.4.

风格，且具有明显的口语化特征。葛浩文将“在炕上翻来覆去”的汉语表达采取直译的方式“tossed and turned on the brick kang”，取得了生动的翻译效果，其中葛浩文对中国特有事物“炕”的异化翻译方式有助于英语读者对中国文化的理解。当然，葛浩文采取异化翻译的原因在于英语当中并没有这种表达方式，不得已而为之。对在西方饮食文化中并不存在的“大饼”这种食物，葛浩文则采取了归化的方式，将其翻译成“面包”。借助这种翻译策略，葛浩文就成功地消解了异质文化中的语言差异，使译文显得更加流畅、自然和通顺。

当然，在异化不能准确传达原文内涵时，归化翻译也就成为必要的翻译手段，以使其译作更加贴近目的语读者；异化翻译又是跨文化交流过程的必然发展趋势，采取这种翻译策略的译文可以更加忠于原作的内涵，传播异质文化，开阔目的语读者的视野，又能够达到真正意义上的文化交流目的。在葛浩文的译作中，这种归化与异化相结合的例子屡见不鲜。葛浩文在对原文中文化专有内容的处理过程中，尽其所能地保留了原作所属文化的异质特性。葛浩文在接受《中国日报》采访时，曾明确谈及自己的文学翻译原则。他认为，面对原文的语言表达，译者在翻译时，其思考的关键点在于作者的某些特定写法，对此，葛浩文在 1999 年就曾说过：“捕捉到原文文本的语气、节奏和意象是译者真正的任务，也是译者所面临的最大的挑战。”[①] 例如：

曾外祖父站在我奶奶面前，气咻咻地说：“丫头，你打算怎么着？”[②]

---

① Howard Goldblatt, “Why I Hate Arthur Waley? Translating Chinese in a Post-Victorian Era”,*Translating Quarterly*, Vol.13-14, 1999 .

② 莫言:《红高粱家族》, 作家出版社 2012 年版, 第 78 页。

He walked up to Grandma and said angrily, "What are you up to, you little tramp?"

小说中的"丫头"一词原指长辈对小女孩的昵称，旧时因女孩常梳丫形发髻得此称呼。此处指小说中戴凤莲在与麻风病患者单扁郎成婚三日后，回娘家之时精神恍惚、绝食不语的状态惹恼其父，葛浩文将其翻译成"tramp"并非指"我奶奶"是个不道德的"荡妇"，这种归化的翻译手段是为了映衬戴凤莲之父嗜赌成性、卖女求财的人物本质。

以上葛浩文的翻译案例再次证明了20世纪前半期德国思想家、文学评论家和翻译家瓦尔特·本雅明（Walter Benjamin）的观点：翻译是原文文本在另一种语言中"生命之延续"（afterlife），译文可以赋予原文再生的生命；翻译不仅有其独立性，而且通过可译性使译作与原作保持密切的联系。本雅明认为，虽然从本质上讲，译文是基于原文而存在的，但原文先于译文出现，那么译者的任务就是将原文唤醒，并赋予它新的生命。由此可见，翻译可以将原文内涵不断发扬光大，经过翻译的过程，译作脱离原作而独立存在，并被赋予了新的意义。正如莫言在诺贝尔颁奖典礼上发表获奖感言时表示如果没有各国翻译家创造性的劳动，文学只是各种语言的文学，正是因为翻译，"文学才可以变成世界的文学"①。显然，没有翻译家从中架起中国文学通往世界文学的桥梁，莫言获得诺贝尔文学奖则无从谈起。这正印证了本雅明的翻译超越论观点：译语对原语的超越，其中包括意义的超越和形式的超越。

① 王俊：《他向我们展示了一个被人遗忘的农民世界》，http://news.ifeng.com/gundong/detail_2012_12/12/20072200_0.shtml（访问时间：2012年12月12日）。

第三节 葛浩文英文译作封面的文化翻译

当今时代大众文化和后现代消费文化的崛起对在人们的审美对象中占据主导地位的语言文字带来了巨大的挑战。中国比较文学专家王宁认为，在后现代消费社会中，视觉文化促进了“一种新的写作和批评的媒介——图像在‘读图时代’的崛起和对文字表达的部分代替”[①]，这在全球化进程深入的过程中有着某种必然性。这种视觉文化不仅仅通过译作封面体现在翻译的理论和实践中，也体现在文化和文学研究的方方面面，冲击着文学研究的边界。王宁还指出这种“越界”研究不仅仅体现了“跨越学科界限的后现代文学研究的特征”，也体现了“在广阔的文化研究的语境下比较文学跨学科的特征”[②]。可以看出，当今的文学已经开始向图像化发展，因此译作的封面也体现着非常深厚的文化内涵。这种对译作封面的研究并非是单纯的字面研究，图像对于文化的反映与折射对当今的文学研究也具有重要意义。

此外，勒菲弗尔的翻译理论还认为，翻译和文学创作受到控制的内因是文学系统内的专业人员，其中包括批评家、评论家、教师和翻译家；而其外因则是那些能够促进或阻碍文学的阅读、写作和翻译，从而使译者在翻译时不得不进行改写的有影响力的人或机构。这些人即文学系统外的赞助者。这些赞助者包括：在某一历史时期内掌有权力的人，或者是出版商、媒体、政治派别或政党机构，或者

① 王宁：《翻译研究的文化转向》，清华大学出版社2009年版，第196页。

② 王宁：《比较文学、世界文学与翻译研究》，复旦大学出版社2014年版，第101页。

是国家院校、学术期刊，尤其是负责传播文学和文学思想的教育单位等机构。[①]

对于葛浩文译著封面，许多国内读者和学者都表示大为不满，认为个别封面上“性感的中国女人”有满足西方读者对于中国异域风情的想象之嫌，这也许就符合了他们对红色中国的想象，借此可以激发外国读者的购买欲。除此之外，一些评论家的评论也被引用过来，千方百计、想方设法吸引读者的兴趣，并流露出“东方主义”的思想倾向。[②] 这样做其实是西方出版社为吸引读者而惯用的手法。葛浩文本人也曾表示美国一些书评家确实认为中国文学都是对社会黑暗面的描写。但实际上，中国文学种类繁多，译到国外的作品大部分都是译者和出版社挑选的。2005 年，葛浩文在接受《中华读书报》记者的采访时说：“我选作品，通常有两个条件：其一，我喜欢；其二，适合我译。这自然是个理想，有时达到，有时达不到。我和出版社之不同，主要是我不能考虑到市场，而出版社不能不考虑到市场。”[③] 事实上，对读者和市场的关注并没有促使葛浩文特意去选择翻译带有讽刺、批评社会，与社会唱反调的作品，也没有在翻译选材上向读者和市场妥协，或在具体的翻译过程中反映出意识形态的偏见。实际情况是他翻译完的稿件送到出版社之后都会遭到删改，而且他也注意到《纽约时报》的书评对销售有很大影响，并且书的封面如果有个性感的中国女人的标签，

---

① Jeremy Munday, *Introducing Translation Studies: Theories and Applications*, London and New York: Routledge, 2001, p.128.

② 姜玉琴、乔国强：《葛浩文的“东方主义”文学翻译观》，载《文学报》，2014 年 3 月 13 日，第 18 版。

③ 舒晋瑜：《十问葛浩文》，载《中华读书报》，2013 年 8 月 31 日，第 13 版。

市场上的销量便会略有提升。[①]译作的封面设计虽然不是他所能掌控的事情，但通过出版机构对中国文学作品封面的设计，却能够反映文学系统外部因素对翻译的制约和对译作的影响。葛浩文之所以透漏出西方读者对那些被贴上政治标签的中国文学作品感兴趣，是因为许多优秀的中国作家作品对西方读者来说太过晦涩难懂。在这种无奈的境况下，出版商不得不寻找刺激销售的办法。莫言作品葛浩文英译本的封面在设计时是否也加入了这样的元素？海外出版机构对莫言小说英译本在宣传策略上发生了哪些变化？英语读者对莫言小说的期待是否也随着时间的发展而有了变化？可以通过分析历年出版的葛浩文英文译作封面得出结论。

一、莫言三部长篇小说葛浩文译本封面对比

莫言译著的封面设计在向西方传递中国文学方面承担着在异质文化间进行交流的作用。书籍封面也是书籍的重要组成部分之一，是最先呈献给读者的内容。读者往往通过封面来判断是否阅读或购买一本书。因此，国外出版商都希望书籍封面能够激发读者的阅读兴趣，但与此同时，书籍封面也会反映设计者对作品的理解和在设计过程中无意识传达出的自身对异质文化文学文本的解读，而他们的这种解读会对西方读者起到指向性作用。目前为止，葛浩文翻译的十部莫言小说一共有 15 个英译本封面图，其中《红高粱家族》和《天堂蒜薹之歌》各有三个版本，《酒国》有两个版本，出版时间从 1993 年到 2000 年。据此可以看出在这七年的跨度之中，国外出版机构对莫

① Howard Goldblatt, "Of Silk Purses and Sows' Ears: Features and Prospects of Contemporary", *Translation Review*, Vol. 59, No.1, 2000, pp.22-23.

言小说英译本封面的设计发生了很大变化，这一变化可以清晰地展现文化翻译理论对文学系统外部因素的细致考察。在下面这组图片中，分别选取了《红高粱》三个版本的封面，从这些封面带给读者的视觉联想，对封面设计构图、字体、风格、主题寓意等进行比较分析，我们可以直观地发现出版社或封面设计者试图向读者传达的异质文化信息。

在这组图中，图 1（1）是美国 Trafalgar Square 出版社在 1993 年出版的《红高粱》封面，是莫言作品在美国出版的最早的译文版本，整个封面充满血腥和暴力倾向。瓷器和红色都是中国的象征，瓷器上的龙和祥云图案又都是传统中国文化中的重要元素，带着红缨的匕首和一摊鲜血为讲述“中国故事”营造出神秘而又危险的氛围。封面突出了原著关于死亡、流血和杀戮的主题寓意。设计者的创意、鲜艳的色彩和精心设计的构图相互搭配，试图极大地刺激读者的视觉感官，激发读者的好奇心。封面上还引用了著名美籍华裔女作家谭恩美（Amy Tan）对莫言的评价：“莫言有资格在世界文学占有一席之地，他的声音会找到直达读者内心的途径，就像昆德拉和加西亚·马尔克斯一样。”这个评价同样也出现在图 1（3）中，以此来减少西方读者与中文原著之间的距离感。

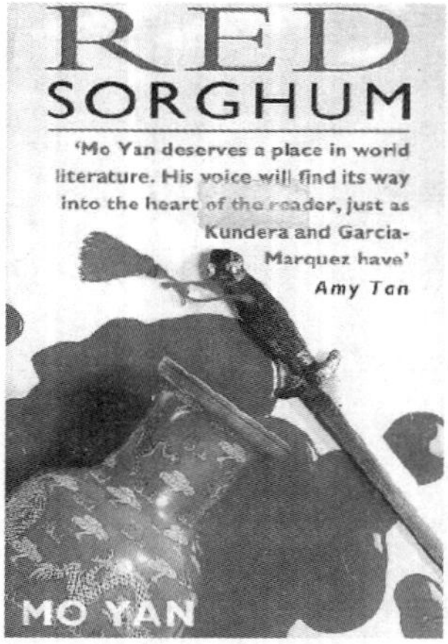

图 1（1）

图 1（2）

图 1（3）

图 1 《红高粱》译著封面

图 1（2）是美国企鹅出版集团在 1994 年出版的《红高粱》封面。该封面选用了张艺谋导演的同名电影《红高粱》中的画面，电影中“我奶奶”戴凤莲（扮演者为中国著名电影演员巩俐）的头像跃然于译著的封面上。该封面的背景中几个轿夫正抬着一顶大红花轿，脚下的黄土地尘土飞扬，大红花轿的帘子上绣着金色的龙凤呈祥。花轿的红颜色与红色字体的书名相互映衬，但封面中间戴凤莲的头像却是用带着黑色边框的黑白照片形式展现出来的，预示着小说女主人公的命运。女人加中国元素构成了这张封面的主要内容。该影片于 1988 年获得第 38 届西柏林电影节金熊奖，由此产生的巨大影响是莫言作品在海外得以迅速传播的一个重要因素，这样的封面自然也能够激起读者阅读这部小说的热情。

图 1（3）是美国 Arrow Books 出版公司于 2003 年出版的《红高粱》的封面。该封面采取纯粹中国传统水墨画的形式来表达小说的内涵。封面以红色为基调，突出红高粱的颜色，从下到上颜色渐变为白色，

代表小说中已经远去的历史。封面的主体人物是一个挑着扁担的农民，背景是大片的高粱地、乡村的房屋和远山，表达出该小说以中国农村为背景的基调。此时，出版莫言小说英译本的出版社已不再用血腥暴力和女性画像来吸引读者和促销译作。随着中国文学对外传播的进一步扩大，出版社开始以中国文化深层次的内涵来吸引英语读者，这已是一个巨大的进步。

图 2（1）

图 2（2）

图 2（3）

图 2 《天堂蒜薹之歌》译著封面

图 2 是莫言小说《天堂蒜薹之歌》译著在不同时期出版的三个封面。图 2（1）是企鹅出版集团维京出版社于 1995 年出版的译著封面。显然，将蒜薹这种中国特有的蔬菜作为封面，外国读者根本不知何物。实际上，蒜薹是蒜苗在成熟之后从植株的正中间生长出来的花茎。大蒜也是西方国家人们经常食用的植物调料，但蒜薹在国外却极为少见。由于大蒜是由蒜瓣生长出来的，大蒜生长到一定时期会长出蒜苗，蒜苗生长到一定程度才会抽薹，蒜薹是大蒜这种植物成熟时期的产物。人们通常所说的“蒜”是这种植物在地面以下的根茎，因此，蒜薹应该被翻译成“garlic sprout”或“young garlic shoot”，但如果在题目中这样

翻译的话，英语读者肯定如雾里看花，弄不清这到底是怎么回事，出版社只好用一颗大蒜的图像做了这本 Garlic Ballads 的封面。

图 2（2）是 Methuen Publishing Ltd. 出版公司于 2006 年出版的《天堂蒜薹之歌》译著的封面。封面中，黑色的背景衬托着一个裸体亚裔女人的半身像可以说与小说反映的主题毫不相关，给人一种色情小说的错觉。小说的女主人公金菊与高马的爱情并不是小说的主题，出版公司在一定程度上受到异质文化语境和国外图书市场环境的制约，其对封面的这种选择也展现出他们对中国文学内涵缺乏信心的状态，同时也体现出西方出版社以性取悦读者的宣传心理。受到封面的吸引而购买该书的读者在阅读之后才会恍然大悟，原来封面内容只不过是销售的噱头而已。

图 2（3）为 Skyhorse Publishing 出版公司 2012 年出版的《天堂蒜薹之歌》译著的封面。画面中，一个骑自行车的农民，其车架上驮着一大捆蒜薹，骑行在绿色的田地间。可以说，这个封面与 2006 年版本的封面相比，西方人眼中的“东方主义”色彩已经消失，画面内容与小说主题紧密呼应，吸引着读者对小说内涵的挖掘。画面中那个农民所穿的藏蓝色工作服正是 20 世纪 80 年代中国人的“标准”服装。显然，封面设计者对那个年代中国人的生活方式已经有了一定的了解。看到这个封面，西方读者应该不会再以先入为主的偏见来判断这本莫言小说的英语译作了。

图 3 是《酒国》（2000）的两个封面设计，图 3（1）是由 Arcade Publishing 出版，该封面突出了中国文化中自古以来对金钱的崇拜，三个封面人物分别为：中国民间神话中天庭的最高统治者玉皇大帝和中国人至今仍供奉的财神爷以及捧着整缸的珠宝、人民币和百元美钞的、憨态可掬的送财童子。三个人物都面带笑容，气氛喜庆祥和，但在这祥和的表象背后却隐藏着秘密。成堆的财宝和金钱是怎么来的，这些钱财与“酒国”有怎样的关系？对于那些对中国传统文化了解甚少的

西方读者而言，这幅封面显然具有巨大的吸引力。

图 3（1）

图 3（2）

图 3　莫言其他长篇小说译著封面

图 3（2）是由 Peguin Group 在同年出版的《酒国》封面，在这幅封面之中，莫言的名字以红色为底色明显比作品名要突出，字体也相对较大。这说明随着莫言的知名度在国外的提升，封面上凸显而醒目的莫言名字拼写就已经可以激发读者的阅读兴趣。该封面以一个正在举起酒杯喝酒的男人的形象为主要意象，在男人咽喉处有正反两个欧元的标志叠加在一起，在男人腹中有一个大头朝下的婴儿，其手臂、大腿与耳朵分散在男人的腹中。背景中散落着四只饭碗和中国人典型的饮食用具——筷子，远处有一个身穿红裙，手拿红扇的女人形象。所有的这些意象不禁让人联想到中国人的生存状态以及男人们最为关切的问题：喝酒、吃饭与女人。读者对于小说内容的好奇必定会极大地增加销售量。设计者的用心昭然若揭。

二、莫言其他小说葛浩文译本封面分析

进入 21 世纪后，葛浩文翻译的莫言小说出版之后，至今还没有出现重印版，单独一部小说的封面设计还没有可对比的参照物，但封面的设计元素却发生了很大变化，由以前用血腥暴力、裸体美女等画面来吸引读者眼球变为使用含蓄、寓意丰富、充满艺术特质的封面。可见，随着深入了解中国文学的外国读者越来越多，那种类似“标题党”的封面已经难以满足读者的审美需求，而与主题内容接近的、带有中国文化元素的艺术设计已经成为单行本葛浩文英译莫言小说封面的主旋律。

《丰乳肥臀》封面　《生死疲劳》封面　《檀香刑》封面　《蛙》封面

图 4　莫言其他长篇小说译著封面

图 4 分别是：《丰乳肥臀》(2004)、《生死疲劳》(2008)、《檀香刑》(2013) 和《蛙》(2014) 英译本的封面，其中最有理由采用女性身体做封面的《丰乳肥臀》却出乎意料地反其道而行之，设计者用中国传统花色的图案做背景、以整版的篇幅来表现放大的书名，并没有用展示女性器官来提高销售量，这使整个封面显得非常有设计感，不落俗套。实际上，这本书的书名就足以吸引英语读者的广泛关注。

《生死疲劳》的封面则以中国红作为底色，图案中心是一个泥塑的大头婴儿，下方为代表佛教轮回概念的半圆形状。这样的设计特点组

合在一起表达了这部小说的主线：一个被冤杀的地主西门闹经历了六道轮回，变成驴、牛、猪、狗、猴，最后转生为一个智障的大头婴儿的生死疲劳的故事。这个封面设计与小说主题完全一致，已经将小说的主题，即地主西门闹和农民蓝解放这两个家庭半个多世纪以来与土地的关系以及中国农村的巨大变迁完美地体现出来。

《檀香刑》的封面采用中国传统戏曲中老生的人物造型，长长的黑须遮盖了嘴部，由于画面不完整，人物只有一只眼睛被展露出来，其黑白分明的瞳仁却流露出绝望的神情。封面人物与小说中为替妻儿报仇，聚众反抗德国侵略者，却最终被施以极刑——“檀香刑”的悲剧主人公孙丙的人物形象极其吻合。作为剧团班主的孙丙，其猫腔唱词在小说中被葛浩文以极为高超的技巧，合辙押韵地完美翻译。读罢小说，读者再看到封面人物，不禁会感到孙丙悲伤苍凉的唱词仍然在耳边回荡。封面以中国戏曲中的人物脸谱形式来表现山东半岛的猫腔，足以吊起西方读者阅读该书的欲望。

《师傅越来越幽默》封面

《变》封面

《四十一炮》封面

图 5　莫言短篇小说集译著封面

《蛙》的封面以山与水作为背景，从上至下白、蓝、黑的渐变色作为封面的底色：用墨的浓淡变化来凸显封面的“墨韵”特色，在山间骑自行车的女性是封面的中心人物。小说中的“姑姑”作为助产士为新中国的计划生育工作服务了几十年，经常骑着自行车奔波在乡间的山水之中。通过这样的封面设计，读者未必能够猜想到这部小说是以中国计划生育为主题，而以Frog作为书名，进一步增加了该小说的神秘感。

在《师傅越来越幽默》（2001）、《变》（2010）、《四十一炮》（2012）的这组封面设计中，《师傅越来越幽默》的封面以暗色调为主，墓碑的意象来自这部小说集中的一篇短篇小说《灵药》。英译本《师傅越来越幽默》与中文版在内容编排上有所不同。中文版内包含九部短篇小说，而英文版只有八部，且包含了在中文版中所没有的《灵药》。《灵药》讲述的是听信了吃人胆明目这一偏方的孝顺儿子为了给老母亲医好眼病，把刚刚被枪毙的死者的胆端给母亲服用，母亲得知胆的来历后却受惊吓而死。这个惊世骇俗的、与死亡有关的故事构成了这部短篇小说集封面所反映的主要意象。《变》的封面以暖色调为主，色彩是封面设计中最具感染力和表现力的要素。图像中那个小男孩的形象代表这个自传性质的中短篇小说中主人公的成长变化经历。《四十一炮》的封面是内容最为繁杂的一幅：驴、猪、马、鸡的形象分别以写实、写意、剪纸和贴图的形式融合在一起，形成强烈的视觉冲击力。这篇小说以20世纪90年代初中国社会农村改革为大背景，通过一个农村孩子的视角来反映农村改革初期新旧观念和势力无法调和的激烈冲突，展示出人性的异化和裂变。在这个封面设计中黑、红颜色的运用所产生的视觉效果正好与作品内容呼应。

从上述莫言作品英文译作封面的比较和分析中不难看出，在异质文化语境和国外图书市场大环境的相互制约下，西方出版机构及图书封面设计者在推介莫言的英语译作时，为了起到更好的宣传作用，采用了多种方式。如有意以血腥暴力的画面来吸引读者，以作品改编的电影中的人物形象作为封面图案，以中国红作为封面背景来直观地表达中国文化特色等。进入21世纪，封面设计风格发生了质的飞跃，以中国绘画特色来暗示作品讲述的是中国题材的故事，以写意手法来抽象地展示原作的主题思想，以封面设计与图书文化内涵的深入阐释对原著进行主题挖掘，等等。如果仅设计为裸体美女的低级配图，西方读者无法通过译著的封面来挖掘文学作品的深度。因而，译本封面设计是在把握文本主要内容的大前提下，通过高度概括性的整合，融入设计者的创意理念，通过构图和色彩的巧妙搭配来激发读者的想象力，力图对域外读者产生强烈的感染力，从而激发他们的阅读兴趣。总体而言，随着时间的推移，作为赞助人的西方出版社在封面设计中以“东方主义”的思维逻辑来满足读者猎奇心理的做法逐渐改善，具有不同时代特征、异质文化的元素以及主题隐喻的封面设计在21世纪开始受到域外读者的欢迎。

在中国文学力图进入世界文学，争取更多的域外读者，作品翻译能够保留原作精神风貌的前提下，以另一种文学的表现形式进行适度的改写也是值得鼓励的。虽然改写似乎是对原作的叛逆和对读者市场的妥协，但这也是中国当代文学在西方文学和世界文学体系中的地位和现状所决定的，这也可以说是一种不得已而为之的权宜之策。“当反映中国当代文化的当代文学在西方社会被普遍接受以后，译者就不必再受英语文学常规的束缚，翻译时译者可以更加充分地呈现中国文学的内容和形式。”[①] 这个情况的前提是中国文化在西方人眼中已不再是异质文化，或中国当代文化已被西方世界所广泛熟知、所普遍接受。否则，

① 崔艳秋：《八十年代以来中国现当代小说在美国的译介与传播》，吉林大学博士论文，2014年，第103页。

译者的归化策略就会一直体现在译作中，译作之外来自赞助人和译入语国家的主流意识形态将仍然对翻译过程施加影响。葛浩文多年来坚持不懈地翻译中国文学作品，使中国当代文学能在域外广泛传播，为向世界文化传递中国文化的信息做出了巨大贡献。对热爱中国文学并长期进行中译外的外国翻译家们或许不应进行过于苛刻的评价。

第五章　中国文学翻译未来发展的自由空间

随着中国在世界上影响力的日益增大，不但中国文学的创作需要更多自由空间，中国文学翻译也需要更多的自由空间。这就需要中国的决策者和学者同时解放思想，顺应社会发展的潮流。在全球化时代和科学技术日新月异的今天，随着现代化通信设备和社交网络的搭建，世界各地的信息可以在短时间内迅速传遍全球，人们可以自由地在互联网上展开阅读，但无论人工智能翻译发展得多么强大，都不能取代翻译家基于自身对原作的感悟、对社会的体察和个人的才华与文采所进行的“再创作”。在这种情况下，世界文学的概念也已经从歌德所做的定义发生了根本性的转变，中国文学可以进入美国学者大卫·达姆罗什（David Damrosch）为世界文学重新定义的“自由阅读与流通”的概念中实现真正“走出去”，实现在“世界文学空间”中国家文化软实力的提升。进入 21 世纪，中国文学在传播过程中已经受到了“华语语系文学”所带来的巨大冲击。这就需要中国文学在增强自身魅力的同时加快对外传播的进程，以中国文学在英语世界的传播为例来厘清中国文学翻译的未来发展问题，即摆脱以语言转换为主导思维的传统翻译观的局限，建立对中国文学外国译者的鼓励机制。通过增加翻译奖项的颁发、翻译专项基金的设立、翻译研讨会与培训班的开展，增进国外译者与中国作家、学者之间的交流与沟通，形成更加规律、完善的激励体系，使更多热爱中国文学的外国译者积极地投入对中国文学的译介中，使中国文学在世界文学的舞台上发扬光大，达到中国文学与文化的伟大复兴。

第一节　翻译与中国文学走出去的关系

在全球化时代，中国经济在改革开放后的40年里飞速增长，中国文化的地位也随之大大提高，汉语正在从一种基本上只属于中华民族的语言变成了一种区域性乃至世界性的主要语言，推进了文化全球化的进程。这对在全世界范围内传播和普及中国文学和文化起着重要作用，但由于西方国家对中国政治经济发展存在偏见以及有些传统文化的过度传播，导致了很多西方读者对中国的印象仍然停留在“男人留辫子，女人穿旗袍”的旧社会。“现代中国文学由于语言障碍、文化差异、政治偏见等因素，在海外的传播力极弱。”①

在这种情况下，中国作家若希望世界读者普遍接受其作品并在世界文学层面获得更大的话语权，那么作家创作的成果就必须在全球化进程中进入输出的环节，走出国门，在域外广泛传播。在输出的环节中，语言的障碍是影响作品传播的主要因素之一。在比较文学研究的视域下，文学翻译与世界文学的关系越来越紧密，在翻译的助力下，各国文学交流的频率和深度都是以往任何时代的人们所无法想象的，那么

① 吕梦盼：《莫言文学在美媒介镜像解构——基于美国权威报纸对莫言获奖报道的研究》，载《新闻前哨》，2013年第6期，第40页。

“世界文学”这一概念随着时代的变迁在含义上都产生了哪些变化？这是非常值得探讨的问题。

一、世界文学的重新定义

19 世纪 20 年代，歌德就宣布“世界文学时代已经在即”，这一言论引起了人们对这一概念的关注。德语“世界文学”（Weltliteratur）一词由他首创，在他晚年的秘书艾克曼（Johann Peter Eckermann）于 1837 年出版的《歌德晚年谈话录》中，这个词曾出现了三次，但非常遗憾的是，歌德对其只是有所提及，并未给出明确的定义。从歌德表达的对“世界文学”的观点中，可以看出，他认为世界文学是民族精神文化相互沟通和影响的桥梁；世界文学是以文学中所表现出来的世界主义为纽带发展起来的，这种认同在西方文学和中国文学中均有所表现。事实上，马克思和恩格斯早在《共产党宣言》中就论及了这个现象。

1848 年，马克思和恩格斯首先从当时世界民族经济发展的总体趋势入手分析了这一现象产生的原因，认为所有国家的生产和消费已经被资产阶级开拓的世界市场变成了世界性的，因而“民族的片面性和局限性日益成为不可能，于是由许多民族和地方的文学形成了一种世界的文学”[①]。马克思和恩格斯将世界文学观念放置于资本输出的全球性流动之中，但起源于 19 世纪的比较文学却没有摆脱欧洲中心主义的局限。

20 世纪以来，比较文学的发展颇受争议，越来越脱离文学本身，无法自拔地陷入学科危机。当前在全球化语境中各国学者重新定义世界文学观念，可以说是为了应对比较文学危机的尝试。法国当代著名女学者帕斯卡尔·卡萨诺瓦（Pascale Casanova）在她创作的《文学世界

① 《马克思恩格斯选集》第 1 卷，人民出版社 1976 年版，第 255 页。

共和国》(*The World Republic of Letters*, 2004)中提出了"世界文学空间"(Literary Space)的说法。她认为确实存在一个世界规模的文学实体,它不是简单地把全世界各个民族文学相加在一起,而是文学在创作和流通中形成的网络。卡萨诺瓦是"为数不多的几位尝试建立一个宏大理论构架,或者说在国际体系中构建宏大叙事的学者之一"①。她的文学观非常新颖,在欧洲曾经产生过很大影响。她将文学看成是一个整体的、在时间中流变发展着的空间,有着"中心"与"边缘""首都"与"边界",但这个空间与世界政治版图并不吻合。她分析了具体作家与流派进入世界文学经典的模式,认为"如果想归纳一个作家的作品的特色,我们必须要认清他/她的本土文学空间在世界文学中的位置和在这个空间中他/她自己的位置。"② 她考察了文学"资本"的积累过程,并以乔伊斯(James Joyce)、卡夫卡(Franz Kafka)、福克纳(William Faulkner)、贝克特(Samuel Beckett)、易卜生(Henrik Ibsen)、米肖(Henri Michaux)、陀思妥耶夫斯基(Fyodor Dostoyevsky)、纳博科夫(Vladimir Nabokov)等世界级作家的创作为例,探讨民族文学在全球结构中的身份问题。卡萨诺瓦描述了世界文学的基本格局和整体走向,揭示了在"世界文学空间"中存在隐秘的权力运作机制。她认为文学是在缓慢脱离"政治义务"的过程中逐渐产生的。首先,文学通过语言,义务效力于"民族"(政治、国家)等的计划,作家们通过创造文学特有的语言方式,一点点地创造着他们的文学自由。每一个创造者的特殊性、唯一性、独创性都是一种胜利,而这种胜利只在文学资源经过相当长

① Peter Damgaard, "Vision in Exile: Inroads to a 'Counter-System' of Contemporary Chinese Literature", Doctoral thesis of Copenhagen University, 2012, p.13.

② Pascale Casanova, *The World Republic of Letters*, M. B. DeBevoise (trans.), Cambridge and London: Harvard University Press, 2004, p. 41.

期的积累和聚合之后才能实现。语言是文学资本的主要组成部分之一，所以语言政治社会学只在政治经济环境中研究语言的使用及其相对价值，而不会在纯粹的文学空间中定义它们的语言学——文学资本。卡萨诺瓦建议将这种语言学，即文学资本称为“文学性”。由于用某些语言写作的文本在文学世界中会有更高的威望，如英语和法语，所以在文学世界里存在一些公认的更有文学性的语言，这些语言被看成文学的化身。她指出对“世界文学空间”的划分各国之间存在着竞争，因此很难达成文学资本的平均分配。那么，中国作家需要做的就是提高自身在本土文学空间地位的同时，积累更多的文学资本，从而在世界文学空间中由边缘走向更加中心的位置。

现任美国哈佛大学比较文学系主任大卫·达姆罗什曾任美国比较文学学会会长，长期致力于探讨世界文学的当代处境与观念变迁，是闻名世界的比较文学学者。他在其著作《何为世界文学》（*What Is World Literature?*，2003）中从文学的“流通”（circulation）角度，把世界文学界定为以源语言或译介语言离开生产国，穿越时间隧道、跨越空间疆界转换成另外一种语言在全世界流通的文学。达姆罗什所做的定义可以让我们重新认识“世界文学”的实质，并为推动中国文学在世界文学中的影响力，寻找到更加行之有效的方法与途径。达姆罗什认为世界文学包括所有在其所属文化圈之外进行自由流通的文学，这些文学或是以其自身的语言为依托，或是以翻译版本的方式而存在。“世界文学离不开翻译的中介，没有翻译的参与或干预，我们就无法使民族的文学走向世界。因而，翻译能够帮助我们对世界文学重新进行定位。”①

莫言认为：“真正意义上的文学还是人类的文学，所描写的

① 孙宇：《文化翻译视域下葛浩文英译莫言小说的启示》，载《学习与探索》，2017年第2期，第76页。

是人类共同的、普遍性的内容。”[①] 文学是超越民族观念与国家意识形态的产物。随着世界各国文化交流日益频繁，文化与文学的输出和传播成为体现文化软实力的重要手段之一。文学翻译对中国文化的传播起着非常重要的作用。文学翻译发挥着文化的软实力作用。当中国文学通过翻译的渠道进入传播环节，就为中国文学与世界各个民族文学之间的交流、传承、沟通、创造与发展承担起发展文化多样性和加强世界和平文化建设的历史使命。

中国当代女作家王小妮也给出了她对世界文学截然相反的看法，作为一位作家，她认为从文学的角度而言，永远没有“大国”，也不会有所谓的“崛起”。[②] 只有带着这样的心态，中国作家才能够沉下心来，摆脱浮躁与诱惑，走向自由创作的最佳状态。由此可见，随着时代变迁和全球化的飞速发展，世界文学的观念发生了质的改变。它从被提出伊始就成为“人类文学一个极具吸引力的诱惑，或者同时也变成了一个巨大的困惑”[③]。作为一个文学乌托邦，“世界文学”在人们的头脑中扩展了一个超越民族国家的想象空间，但从文学现实出发，在通向“世界文学”的道路上，中国作家依然任重而道远。

---

① 莫言、李比英雄:《文学·民族·世界——莫言、李比英雄对话录》，小园晃司译，载《博览群书》，2006 年第 7 期，第 10 页。

② 张莉:《传媒意识形态与“世界文学”的想象——以“顾彬现象”为视点》，载《文艺争鸣》，2009 年第 2 期，第 40 页。

③ 刘江凯:《跨语境的叙述——中国当代小说的海外接受》，载《山西大学学报（哲学社会科学版）》，2014 年第 1 期，第 36 页。

二、华语语系文学带来的挑战

当今世界文学观念的重新定义在一定意义上就是要重绘世界文学地图，2004年美国华裔学者美国加州大学洛杉矶分校史书美（Shu-mei Shi）最早在一篇英文论文"Global Literature and the Technologies of Recognition"(《全球文学与认同的技术》) 中使用了"Sinophone literature"（华语语系文学）这一概念并引起巨大反响。她用Sinophone literature一词指称在中国之外世界各个国家和地区的作家用中文写作的文学作品。20世纪以来，在世界各地特别是东南亚地区以及美国、加拿大和欧洲各国，华文文学创作的传统与实践都已经形成规模，2000年法籍华裔作家高行健获得诺贝尔文学奖，成为这些华语作家中的佼佼者。史书美试图用Sinophone一词纠正世界文坛以往对中国之外出版的中文文学的忽视，改变"离散中国文学"边缘地位。历史上Anglophone（英语语系文学）和Francophone（法语语系文学）之所以形成是英法国家为了帝国扩张采取的殖民行为导致殖民语言与被殖民语言融合的结果，而Sinophone却并不是由汉语作为殖民语言所形成的。她在*The Lure of the Modern: Writing Modernism in Semicolonial China*)（2001）(《现代的诱惑：书写半殖民地中国的现代主义（1917—1937）》，中译本2007）和*Visuality and Identity: Sinophone Articulations across the Pacific*（2007）(《视觉与认同：跨太平洋的华语表达》，中译本2013）等学术论述中均表现了非常明显的意识形态痕迹，她通过对"华语语系"的定义，实现了对"中国中心"的反抗，并建构起排除"中国大陆主流文学"的"华语语系文学"。[①]

① 汤拥华：《文学如何"在地"？——试论史书美"华语语系文学"的理念与实践》，载《扬子江评论》，2014年第2期，第58页。

王德威在2006年的一篇文章《华语语系文学：边界想象与越界建构》（《中山大学学报》2006年第5期）中表达了他对Sinophone literature一词独特的阐释。他对"华语语系文学"的定义是"中国内地及海外不同华族地区，以汉语写作的文学所形成的繁复脉络"①。实际上，王德威重新阐释并拓展了史书美创造的这一概念。对于中国大陆文学在华语语系文学中的位置，王德威提出借用张爱玲的"包括在外"的说法，这足以看出海外华文文学在近些年的长足发展，已达到自成体系，并且能够与处在特殊意识形态之下的中国大陆文学相互抗衡的局面。耶鲁大学东亚系石静远（JingTsu）的*Failure, Nationalism, and Literature*（《失败、国族主义与文学》）（2005），*Sound and Script in Chinese Diaspora*（《中国离散境遇里的声音和书写》）（2010），还有她跟王德威合写的*Global Chinese Literature*（《全球华文文学》）（2010）都对"华语语系文学"这一概念的内涵与外延进行了有深度的探讨，强调了离散华文文学在华语语系文学中的重要地位。海外华裔学者对汉语话语权的争夺已经开始。中国作家和学者如不做好相应的准备，中国大陆文学面对来势汹涌的"华语语系文学"就非常有可能处于被动地位。

自20世纪80年代末，随着定居海外的华人逐年增多，国外创作环境的相对宽松，一大批海外华裔作家涌现出来，他们以中国历史和文化为依托所创作的作品也引起了国际文坛的广泛关注，同时也对中国大陆文学的主体地位进行了解构。

总的来说，在中国文学的话语权本就相对薄弱的当今世界文坛上，一些非常优秀的海外华语作家，如美籍华裔作家严歌苓等人，在国内外的影响力与日俱增，给中国本土作家也带来了一定的冲击力，各方

---

① 刘俊：《"华语语系文学"的生成、发展与批判——以史书美、王德威为中心》，载《文艺研究》，2015年第11期，第51页。

面因素相互作用下，中国文学“走出去”必将是一个缓慢艰难的过程。

三、中国当代文学在英语世界的传播

在20世纪，中国向海外介绍中国文化和文学的脚步虽然有所加快，但仅限于古籍经典，当代作品很少涉及，这使很多外国人对中国的印象还停留在旧时代，误读中国在所难免。英国翻译家蓝诗玲（Julia Lovell）曾表示尽管世界对中国政治经济等方面的关注日益频繁，但是英语读者却一直没有接受中国文学的英语译本。就连剑桥大学城最好的学术书店中国文学作品的持有量也非常有限。①

中国新时期文学的出现是在刚刚结束十年“文革”的文学荒芜期后，在这段时期，中国文学却多为对“文革”进行控诉的“伤痕文学”，因缺乏积极向上的精神，这段时期的作品在国外并不受欢迎。直到改革开放以后，中国社会发生了巨大变革，使得中国当代文学成为西方世界对中国价值观探索的重要渠道。但由于特殊的政治体制和极其匮乏的优秀译介资源等原因，中国当代文学作品在海外的推广和译介均低于预先设想的期望值，所以提高中国文学传播效率的焦虑情绪一直显现在文化决策层。即使在莫言获得诺贝尔文学奖之后，在外国读者中仍有人认为，莫言获奖与中国经济的腾飞具有直接关系。消除这种误解，就需要一批学者和翻译家在国外对莫言的作品进行翻译和推介。

我国对于新时期文学的海外推广早在中华人民共和国成立初期就做出了屡次尝试，其中最具代表性的是创刊于1951年的英文版《中国文学》期刊和20世纪80年代初期以英、法两种文字发行的“熊猫丛

---

① 苏向东：《海外译介难进主流市场 中国文学何时真正走向世界》，http://culture.china.com.cn/2010-08/17/content_20723843.htm（访问时间：2010年8月17日）。

书”。英文版《中国文学》期刊曾经是西方文学界了解中国文学的唯一渠道，然而在2001年出于各种原因导致其销量不佳从而停刊之后，“熊猫丛书”也停止发行。1995年开始的《大中华文库》工程在国外也并没有引起太大的反响。

随着中国在世界上影响力的提高，各种形式的中国文学输出渠道应运而生，在中国政府主导下，2004年中国外文局成立了对外传播研究中心，2010年又启动了“中国文学海外传播”工程，足可见中国文学走向世界的强烈愿望。中国外文局对外传播研究中心是经中央批准的从事对外传播和国际涉华舆论研究的专门机构。该中心是研究中国文化、文学如何“走出去”的主要阵地。

2010年，北京师范大学创建的中国文学海外传播中心成立之初，就展开了猛烈的海外攻势。“中国文学海外传播工程”由北京师范大学文学院与美国俄克拉荷马大学孔子学院共同申请，由北京师范大学文学院与俄克拉荷马大学知名杂志《今日世界文学》(*World Literature Today*)和俄克拉荷马大学出版社负责实施。在美国创办《今日中国文学》(*Chinese Literature Today*)英文学术杂志和中国当代文学丛书是该项目的主要内容之一。这份期刊距今已有七年的历史。同时，该项目以孔子学院为平台，在北京举办“中国文学海外传播”国际学术研讨会，邀请当代中国文学作家、外国翻译家和出版社共同商讨中国文学海外传播事宜。这种由中外联手，在国外出版英文版中国当代文学丛书、创办英语学术期刊以向普通海外读者推广中国文学文化的举措，在国内尚属首例。

2010年由清华大学比较文学与文化研究中心和译林出版社承担的《20世纪中国文学选集》(英文版)项目启动，由清华大学外语系教授王宁主持。该书籍的出版被期望能改变国际中国文学研究的现有格局，即由西方汉学家主导的情况，使中国文学真正走出国门，进而汇入世界文学的主流，并推动中国学者掌握国际中国文学研究的话语权。与此同时，中国作家协会也已启动“当代小说百部精品对外译介”工程。通过这三大工程，几百部优秀的中国文学作品将被引入全球近500家孔子学院的课堂，成为国外汉语学习者了解中国文化和文学必读的“工具书”。

进入21世纪，国内众多高校相继成立中国文学海外传播中心或研究所，如苏州大学海外汉学（中国文学）研究中心（2005）、浙江师范大学人文学院中国现当代文学海外传播研究所（2011）、南京农业大学典籍翻译与海外汉学研究中心（2015），等等，这些传播中心的建立顺应了国家对海外文化宣传的政策，以中国文学海外传播的实施为契机，以深厚的学术底蕴和丰富的学术资源为后盾，以国家的大力支持为依托，使中国文学的研究水平和中国文学的国际影响再上一个新的台阶。

随着各种现代化媒体技术的发展，中国文学的传播方式也发生了根本的改变。除了纸质的书籍、典籍和报刊，在1994年互联网进入中国并迅速普及之后，网络论坛逐步成为文学传播的主流媒介。各种文学网站成为文学传播者沙龙活动的中心，也是文学组织、文学社团与文学流派开展文学活动的重要阵地，参与并影响了中国文学发生与发展的进程。

1991年4月4日，全球第一个华文网络电子刊物《华夏文摘》（www.cnd.org）在美国创刊，读者可以通过电子邮箱免费订阅每周一期的电子刊物，这种以网络传播中国文学的形式自此得以确立。《华夏文摘》是为促进中文信息电脑化和网络化所做的一个全新的尝试，其内容囊括政治、经济、文化、艺术科学等各方面。作为全球中文网络文学写作的第一个园地，它至今仍然在发挥作用。

1994年12月20日，《郁金香》综合电子月刊由中国留荷同学会创办，现已停刊。1995年3月1日，第一份网络中文诗刊《橄榄树》(*Olive Tree*) 创建，并以此为核心形成了第一个北美华人诗人网络。《华夏文摘》《郁金香》和《橄榄树》这样的电子刊物的编委及作者群在国外谋生之余孜孜不倦地在网络文学领域默默耕耘的动力，与其说是身处他乡的怀旧心理，还不如说是难以消解的中国文化情结和对华文或汉语的认同。对他们来说，外语用得再熟练仍然是外语，只有汉语才是母语。在那个年代，中文网络刊物不仅构筑了他们的文化家园，而且见证了他们的文化存在。

与这三个由中国人在国外创建的电子刊物网站有所不同，2007年，中国文学翻译网站纸托邦（paper-republic.org）由美国翻译家艾瑞克·阿布汉森（Eric Abrahamsen，中文名陶建），在北京建立。它最初以中英译者论坛的形式诞生，主要的讨论内容是如何更好地翻译和推广中文文学作品。经过近十年的积累与成长，它已经成为一个将中国文学译介给英语读者的翻译网站，也是促进中国与世界文学交流以及中国文学作品在海外出版的重要平台，国内外译者积极地在此发布自己的译文片段。网站创建者尤其注重挖掘新人新作，而且不局限于经典和严肃文学。主要版块包括中国文学、翻译网站数据库、翻译短篇小说、散文的电子出版和纸质杂志出版、出版咨询、选题输出策划，等等。2011年中国当代文学英文季刊《路灯》(*Pathlight*) 杂志由《人民文学》杂志主办，纸托邦主持编辑，旨在将纷呈的中国作家带向更多的英语读者。2014年，纸托邦与企鹅出版社合作策划编辑“中国当代中篇小说系列”，收入Penguin Specials。目前已出版莫言的《透明的红萝卜》(*Radish*)、阎连科的《耙耧天歌》(*Marrow*)、格非的《褐色鸟群》(*Brown Birds*)，还有王安忆、王小波等人的多部作品。

2016年，“纸托邦”还发起并联合主办了“北京出版交流周”活动。现在纸托邦已经发展成一个致力于翻译、出版和推广中国当代文学的文化出版机构，公司位于西雅图，与来自世界各地的约300位中英译者、编辑建立了紧密的工作网络。纸托邦网站之所以存在，是因为一批对中国文学保持热情的中英母语译者，这些译者聚集在纸托邦网站上，分享中国文学及英语翻译的各种资讯，相互交流观点。目前，“纸托帮”开展了一个“Read Paper Republic”（纸托邦“短读计划”），召集志愿翻译的短篇作品，择优发表在纸托邦的网站和微信公众号上，供英语读者、出版人免费阅读。2017年起将陆续出版发行英译中国文学作品。“纸托邦”吸引了大量的英语母语译者，让我们欣喜地看到海外对中国文学及其翻译的兴趣，“引入”式的译介模式正在逐步加强。中国文学英译的受众长期局限于学术圈，而在这个互动平台上，读者可以通过邮件联络到译者进行经验交流、切磋译技、评析译文，而译者也和文学经纪人、出版社密切联系，这一切都将助推中国文学译本走向大众阅读的时代。

2013年2月1日，由国家汉办、北京师范大学文学院、美国俄克拉荷马大学文理学院联合承办的中国文学海外传播网 ccloc.cn 正式上线。类似的中国文学传播网站还有 *Pathlight*（《路灯》）英文杂志的执行主编戴夫·海森（Dave Haysom）创建的个人翻译主页 spittingdog.net、Words Without Borders 和 asiancha.com，等等，在高速发展的信息社会，互联网传播中国文学高效便捷，更容易被外国读者所接受，已经成为中国文学海外传播的重要方式。

戴夫·海森在2016年3月《江南杂志》对他就“中国文学走出去，路有多远？”为题所进行的采访中指出，在中国，外国译者面临一个非常重要的问题，那就是“缺乏强势的编辑文化”[①]。一般来说，国外的编辑会帮助作家提高作品质量，并对作品进行反复打磨和抛光，因而出版商会高价聘请非常有才华的编辑，让他们帮助作者提升文本的品质。实际上，如果文学作品过于粗糙，即使可能有文学价值也不会被西方读者很好地接受。在现阶段的中国，译者却在做着属于编辑的工作。

第二节　文学翻译与中国文化软实力的输出

近百年来西方学术思想作为知识界的主流观念，一直引领着全球学术研究的大方向。很多有前瞻性的学者已经认识到我国现在已有的对翻译重要性的认知已经明显不足。扩展这种认知和视野不仅仅单纯从国家利益出发，这也是一个大国的知识界应该具有的全球视野和人文情怀。目前，中国学术界对中国文学在域外的传播研究几乎将注意力都放在了欧美和东亚，确实存在缺乏对其他地区的中国文学译介与接受情况的掌握。在这种情况下谈中国文学在全球范围内的影响和价值其实是有失偏颇的，在今后，中国文学翻译应该真正做到从多元文化视角下展开跨文化的交流与研究，从而创造出更多中国自己的研究理论。只有越来越多的中国学者在世界文学界发出自己的声音，国家的文化软实力才能得到真正地提升。通过对文化翻译的研究，向世界读者传播中国文学，探求中国文化的普世价值和全球意义已经成为一种历史使命，在跨文化研究中，比较文学与翻译研究在中国的发展正

---

① 中国媒体采访：《中国文学走出去，路有多远》，http://www.spittingdog.net/2016/07/18/chinese-media-interviews-3-jiangnan-magazine/（访问时间：2016 年 7 月 18 日）。

蒸蒸日上。在国家大力提倡文化软实力的背景下，对于文学翻译与中国文化软实力的研究，中国学术界无论在学术的基础建设上还是在理论的建设上，都还是刚刚起步。

一、文化软实力说

在中国，从认识渊源上来说，软实力概念的起源可以追溯到距今2500多年前的春秋时代中国古代哲学家老子,《老子·四十三章》中就已出现了重视软实力的思想："天下之至柔，驰骋天下之至坚。"意思是说，天下最柔软的东西，却能战胜天下最坚硬的东西，十分形象地表达了对国家软实力重要性的认识。

尽管软实力思想可以追溯到中国古代先哲们的思想，及美籍德裔学者、国际政治学之父汉斯·摩根索（Hans J. Morgenthau）等学者的著作，但系统阐述了软实力概念的是美国哈佛大学肯尼迪学院教授约瑟夫·奈（Joseph Samuel Nye Jr.)。在1990年出版的*Bound to Lead: The Changing Nature of American Power*（中译本《美国定能领导世界吗》）一书中他对软实力的定义为"能够左右他人意愿的能力、文化、意识形态以及社会制度之间互相联系紧密的无形力量资源"①。

之后，他分别在《政治学季刊》(*Political Science Quarterly*）和《外交政策》(*Foreign Policy*）杂志上发表《变化中的世界力量的本质》("The Changing Nature of World Power"）和《软实力》("Soft Power"）等一系列论文，并在此基础上提出了"软实力"的概念。约瑟夫·奈定义"软实力"为："一种通过吸引而不是强制和利诱手段获取你所要东西的能

① Joseph S. Nye, Jr., *Bound to Lead: The Changing Nature of American Power*, New York: Basic Books, 1990。中文引文见于该书节译本《美国定能领导世界吗？》(何小东、盖玉云译，军事译文出版社1992年版）第25页。

力，如有吸引力的文化、意识形态和制度。”[①] 约瑟夫·奈指出一个国家的综合国力既包括由经济、科技、军事实力等表现出来的“硬实力”，也包括以文化和意识形态吸引力体现出来的“软实力”。硬实力和软实力固然都非常重要，但是在信息化高速发展的时代，软实力像一把利剑，各国软实力的比拼正在变得比以往更为突出。“软实力”概念给人们以全新的视角来认识我们所处的这个世界，这一新词一出现便受到世界各国政治领袖、专家学者和媒体的广泛关注。事实上，葛浩文的成功翻译为我国文学乃至文化实施“走出去”战略找准了方向与切入点，为提升中国的文化软实力做出了贡献。

二、翻译与文化软实力的关系

通过在世界上推广语言、文化与文学，进而提高文化软实力的情况在欧美发达国家屡见不鲜。法国语言协会曾在上个世纪末预言法语将在一百多年以后从地球上消失，因此法国政府高度重视法语在其他国家的传播，法国驻中国大使馆一旦得知中国哪所高校要开设法语系就主动提供大量人力物力，不仅免费提供书籍、从法国派来外教、举办法语考试，还规定通过法语考试者可免费到法国攻读研究生，各种优厚待遇令人震惊，从中足以看出法国对推广自己的文化和语言所下的功夫和用心程度。2009 年，法国驻中国大使馆设立“傅雷翻译出版奖”，该奖项由法国大使馆资助、以我国著名法语翻译家傅雷命名，用来奖励中国年度翻译出版的优秀法语图书的出版社和译者。在与英语的全面抗衡中，法语的持续发展与壮大在中国得到了保证。

---

① Joseph S. Nye, Jr., *Soft Power: The Means to Success in World Politics*, New York: Public Affairs, 2004, p.25.

据参加 2014 年 10 月法兰克福书展的业内人士说，他们注意到，中国展商关注的焦点有所变化，从原来的引进外国图书转变为推销不断发展的中国出版行业的优秀产品。中国是全球最大的外国图书出版权买家，销售额接近 180 亿美元。现在，众多国有控股的中国出版商已经开始搭上“走出去”政策的快车。

图书版权数字市场平台“IPR 许可”的总经理汤姆·查尔摩斯称，国际出版商一直都希望能够得到授权在中国出版图书。现在，有关中国图书出版商授权在海外出版图书的需求也在不断增加。中国有许多得到国际认可的作品，许多中国出版商也力图“将版权出售给国际出版商”[①]，从而扩大中国图书的世界影响力，让世界对中国多一分理解、多一分支持。

中国当代文学若想“走出去”，除了中国作家提高创作能力外，目前最需要着力解决的，也是许多学者、作家、出版机构都反复提到的问题就是必须要有好的翻译。除了优秀的中外译者，有着很好的中外双语沟通能力，并致力于从事中国文学海外传播事业的“文化代理”人才也是现阶段中国文学“走出去”所急需的力量。

2017 年 3 月，党的十九大在北京召开期间，全国政协委员、中国翻译协会常务副会长黄友义提出，实行重大党政文献提前翻译、中外文版同步发布的议案，受到高度重视，他指出这实际上是要“建立中国的国家话语权”。在翻译过程中，他提倡使用“中外结合”的方式，即中国译者和外国译者合作翻译的道路，“把改革开放提升到一个更深

① 王晓雄:《英媒：中国出版商欲将中国文学介绍到全世界》，http://oversea.huanqiu.com/article/2014-10/5169487.html（访问时间：2017 年 3 月 10 日）。

层次的高度”。[①] 应对优秀外国译者，特别是非通用语译者稀缺的问题，他指出社会对翻译的价值认识不够，呼吁提高译者待遇，这也是培养专业翻译团队的必要手段。

起源于国外的文化转向是否能够被中国传统翻译界接受，中国传统翻译家是否能够放手，允许外国翻译家运用非“信、达、雅”的标准对中国文学进行翻译，取决于其思想意识是否能够与时俱进。在现阶段，从读者意识和接受情况出发，减少对稀缺的外国优秀中国文学翻译家的尖锐批判，与提高中国文化软实力密切相关。

第三节　中国文学外译的发展远景及其途径

一、外国译者与中国学者交流平台的建立

进入 21 世纪，随着国外翻译理论被大量翻译成汉语，我国翻译界与国外翻译理论界之间的交流已经非常深入。中国的翻译理论也由 1999 年谢天振教授撰写的《译介学》的出版为开端，弥补了从跨文化角度进行翻译研究的空白。随着当前国家之间文化交流的日益频繁，为外国译者与中国学者之间的交流建立平台，对进一步开展翻译批评和研究来说非常有必要。“青年汉学家研修计划”就是很好的例子。

2014 年 7 月 2 日，来自 30 多个国家的 56 位青年汉学家参加了由中国文化部、中国社会科学院联合主办的首期“2014 青年汉学家研修

① 韩琳责编:《黄友义委员：建议重大党政文献提前翻译　中外文版同步发布》，http://www.china.com.cn/fangtan/2017-03/10/content_40437337.htm（访问时间：2017 年 3 月 10 日）。

计划”，开启了在北京为期 21 天的研修之旅。青年汉学家们参加了由众多国内权威专家学者为他们举办的“改革开放以来的中国经济社会发展”“中国的形成及其疆域变迁”“中国文化”“中国作品翻译”和“中国文化和中国梦”等为期一周的专题讲座，之后赴相关合作单位进行为期两周的参观调研。此次研修计划激发了汉学家对中国文化的兴趣，在很大程度上，弥补了文化空缺，以减少他们在进行中国文学外译的过程中可能遇到的问题。第二届和第三届“青年汉学家研修计划”也于 2015 年和 2016 年 7 月在北京如期召开，分别有 30 个国家的 36 位青年汉学家和 26 个国家的 31 位青年汉学家参加。第三届研修计划除北京站外，还新增了上海和西安两个基地，研修内容更加丰富多元，可以使青年汉学家对当代中国有更加全面的认识。

2015 年 1 月 11—12 日，在天津外国语大学召开的第二届两岸西方翻译理论再思 / 批判暨“翻译中国”学术研讨会是外国译者与中国学者交流的又一典范。该研讨会由天津外国语大学、台湾政治大学和澳大利亚《翻译中国》杂志社主办，南京大学和台湾东吴大学协办，天津外国语大学外国语言文学文化研究中心、天津外国语大学高级翻译学院承办。

通过该研讨会的主办单位可以看出，国外相关机构与中国在文学翻译方面进行交流的热望，以及这种高水平、深层次交流可能激发的思想火花和创造的科研成果。今后，这类两岸四地与国外高校、科研机构和杂志社有关翻译方面的学术研讨会应该保持有规律的、常态的连年召开，国内外学者在共商中国文学翻译大计的同时，交流心得，加深理解，摆脱不必要的、先入为主的偏见，开放胸襟，相互借鉴，相互学习。比较中西方不同的翻译标准，并厘清两种翻译观念的特征及发展规律，能够使中国翻译学者更加明确自己所处的状况。如果中国传统翻译家一味秉持传统翻译观的标准，来评价外国译者对中国文学所进行的翻译，而不在评价标准上有所突破的话，外国译者对中国文学翻译所做的贡献将会被抹杀殆尽。如不消除偏见，我国翻译领域所存在的问题和理论建设的需要，将得不到及时的解决。因此，与外国译者进行深层次交流有助于中国翻译研究者系统探索翻译批评的规律以提高翻译质量，并进一步为翻译学作为一门独立学科的发展做出贡献。

二、翻译奖项的颁发与翻译专项基金的配备

美国翻译家葛浩文曾在2010年在莫干山参加活动时，跟中国作家协会主席铁凝女士探讨过为外国翻译家设置翻译专项资金的事宜，之后中国便设立了翻译专项资金。实际上，在美国有很多年轻人愿意从事翻译只是苦于申请不到资金。[①]现阶段，优秀汉学家和外国翻译家毫无疑问是中国文化对外传播中的先锋力量。政府机构为了鼓励外国翻译家高质量地翻译我国文学作品，已经设立了一些重要语种的翻译奖项。如“中华图书特别贡献奖”，该奖项是由国家新闻出版总署于2005年设立，旨在表彰翻译和出版中国图书，并在促进中外文化交流方面做出重大贡献的外国翻译家、作家和出版家。该奖项自2011年起，改为每年颁发一次，并向获奖人颁发五万元人民币的奖金。截至2016年，该奖项已经颁发了十次，共有86人获此殊荣。其中，除第一届曾经产生过三位中国获奖者，其余获奖者均为外国翻译家、汉学家和出版家。美国翻译家葛浩文在2009年荣获第四届中华图书特别贡献奖。作为中

① 刘珊、吴海鸥:《专访葛浩文：爱上萧红　爱上东北》，http://www.chinaneast.gov.cn/2013-10/15/c_132799277.htm（访问时间：2013年10月15日）。

国文学英译推广平台“纸托邦”的创始人，曾获得美国笔会翻译基金奖和美国国家艺术基金翻译基金奖的艾瑞克·阿布汉森也在2015年8月获得了第九届中华图书特别贡献奖。该奖在人民大会堂由时任国务院副总理刘延东女士亲手颁发。从2009年起，该奖项首次设立了青年成就奖，在当年的20位获奖者中，有五位翻译家获得了青年成就奖，艾瑞克·阿布汉森就是其中之一。这些获奖者作为推动中外文化交流的使者，通过翻译向世界传播中国文化和文学，把当代中国介绍给外国读者，为中国文学外译做出了特殊贡献。

实际上，翻译奖在中国出现的时间并不长。在20世纪末，中国还处在外译中的翻译大潮之中。1989年，由英籍华裔女作家韩素音赞助的“韩素音青年翻译奖”成为我国翻译界最高奖项，被一度称作翻译界的“奥斯卡”。从这一奖项开始，国内众多翻译家陆续获得了相应的奖励，与此同时，各种其他翻译奖项应运而生，但主要以奖励中国翻译家为主。

“韩素音青年翻译奖”竞赛前身是《中国翻译》编辑部从1986年开始每年一度举办的“青年有奖翻译比赛”。1989年，原名为“第四届青年有奖翻译比赛”的大赛改名为“第一届韩素音青年翻译奖”竞赛。该竞赛每年举行一次，至2017年已举办29届。竞赛目前分英译汉和汉译英两个奖项，参赛者限定为45岁以下的青年翻译工作者和翻译爱好者。每年《中国翻译》杂志第一期（1月15日出版）公布竞赛原文和规则，同年5月30日截稿，杂志第六期（11月15日出版）公布获奖名单以及参考译文、参赛译文评析。该竞赛以其优秀的选材、严格的匿名评审制度、对评审结果的详细解读，得到来自全国各地及海外青年的积极参与，是中国翻译界目前组织时间最长、规模最大、影响最广的翻译比赛，发掘和激励了一批又一批优秀青年致力于翻译事业。

1995年，在韩素音女士的倡导下，中国作家协会设立“中国文学翻译家奖”，又称“彩虹翻译奖”。前两届叫“全国优秀文学翻译彩虹奖”，后来去掉了“彩虹”二字。该奖为终身成就奖，每四年评选一次，授予长期从事文学翻译（中译外和外译中）的翻译工作者。前四届共有40位中国翻译家获奖。第五届空缺未授，第六届还未评选，从这种趋势看，该奖极有停发的可能，原因有很多。社会上长期专职从事翻译实践的、并且成绩显著的翻译家已不多见，翻译工作薪酬少是全球普遍问题，翻译工作者必须还要从事另外的职业才能满足生活的基本需求，因此无法全身心地投入翻译；在中国文学“走出去”的大潮中，中国文学外译更加受到重视，但对中国译者来说，中译外比外译中更有难度，也更难取得成绩，若没有官方层面政策上的支持，能长期坚持外译的中国译者寥寥无几；随着网络技术的提高，智能翻译和在线翻译随处可见，似乎有一些外语基础的人都可以从事翻译工作，但高品质译作屈指可数。这些原因都会对评选翻译奖获得者产生一定影响。

由香港中文大学于2000年开创的“全球华文青年文学奖”至今已经举办六届，该奖项已与内地及全球各地多所大学和相关机构联办。大赛限定的参赛人员为全球各高校全日制本科华人学生，奖项的设置分为三个类别：散文、短篇小说和文学翻译。该文学奖设立的目的是使国内的大学青年能够通过网络与全球其他地区华族青年互相接触，促进华语文学的繁荣发展，携手共建全球华文文学网络，鼓励华人青年创造更多更好的文学作品。特别值得一提的是该奖项针对文学翻译类别，每年都会在全球范围内邀请华裔知名中国文学学者作为评委，对指定的英译中文学作品进行评判，获奖者最多可以得到两万港币的奖励。

中国最高级别的“翻译文化终身成就奖”由中国翻译协会2006年设立，旨在授予在翻译与对外文化传播和交流方面做出杰出贡献，成就卓著、德高望重的翻译家。目前该奖项是国内表彰翻译家个人的最高荣誉奖项。2006年，中国翻译协会将该奖项授予季羡林先生；2009年颁发给杨宪益先生。这二位均是中国翻译界的泰斗人物。2010年，该奖项被授予沙博理、许渊冲、草婴、屠岸、李士俊五位著名翻译家。在这七位“翻译文化终身成就奖”的获奖者中，有一位特殊的人物，他就是沙博理。沙博理是一位中国籍犹太人翻译家，原名Sidney Shapiro，中文名取“博学明理”之意。他在美国出生，并学习汉语，1947年就从美国来到中国，此后便常年居住在中国，1963年经周恩来总理批准后加入中国籍，曾在“文革”时期翻译四大名著之一的《水浒传》。2011年他被授予“影响世界华人终身成就奖”，2014年他在北京的家中去世。沙博理通过翻译中国文学作品，使得中国的文化经脉得以在国外的土壤中继续延伸。2011年，被中国翻译协会授予“翻译文化终身成就奖”的是高莽、林茂孙、江枫、李文俊。2012年，荣获该奖的翻译家为我国著名翻译家和中外文化交流学者唐笙、潘汉典、文洁若、任溶溶。2015年，何兆武、梁良兴和郝运三位在西方思想文化经典翻译、中国文化对外传播翻译和法国经典文学翻译方面做出突出贡献的翻译家荣获该奖。可以看出，至今，该奖项只颁发给中国籍翻译家，外国籍的中国文学翻译家还无缘该奖。

2009年，法国驻华大使馆资助设立了以中国翻译家傅雷命名的“傅雷翻译出版奖”，用于奖励中国大陆翻译家翻译自法语的中文译作，每年评选出文学类与人文社科类作品各一部，奖金总额8000欧元。“新人奖”自2013年设立，奖金为1500欧元，用于鼓励新生代译者。截至2016年，共有22位翻译家获得该奖。这是在中国境内唯一由外国大使馆资助的翻译奖，法国政府对法语和法国文学的对外传播所做的努力非常值得借鉴。

“中国图书对外推广计划”（CBI: China Book International）项目起源于2004年中法文化年，项目以资助出版的方式鼓励国内外出版机构以独资、合资等方式出版反映中国文化的各类主题图书。该项目表明了中国政府以图书为中介向世界展示中国的积极态度，拓宽了外国读者了解中国的视野。截至2015年底，“中国图书对外推广计划”已同71个国家的564家出版机构签订资助协议1454项，涉及图书2792种，文版47个。

“中国文化著作翻译出版工程”也已和来自24个国家的59家出版机构签订资助协议近百项，涉及图书近千种，文学著作版权十几项。这些项目对在国际上推广中国文化将会起到积极的促进作用。中华学术外译专项国家社科基金也是一个很好的例子，只是这些官方的资金渠道在对外宣传上还需要加强。在国外，很多对中国文学感兴趣的年轻人都因无法了解到中国国内设立的资金项目而对翻译驻足不前。

2013年开展的中国当代优秀作品国际翻译大赛也起到了很好的激励作用，中国作家协会精选了30篇非常具有代表性的中国当代优秀短篇小说作为参赛原文在网上发布，参赛人员自行选择其中一篇翻译成英语、法语、俄语、西班牙语或阿拉伯语这五种语言中的任何一种。大赛邀请了很多外国翻译家来担任评委，并且每个语种的获奖选手都会得到一定数额的奖金，如一等奖奖金5000元美金或等值人民币。该比赛面向热爱中国文化并愿意从事中国当代优秀作品外译工作的境内外翻译工作者，旨在激励国内外优秀翻译家向世界传播中华文学的主动性和创造性，扩大中华文学的国际影响力。但不知是何原因，该比赛只举办了一次，各国译者积极参与的局面并没有在此次比赛之后持续下去，其背后的复杂原因值得深入挖掘。

各种翻译奖项、资金和大奖赛的设置足以显示我国无论官方还是学术界对中国文学外译的重视，对此我国翻译出版界的著名学者李景端撰写了一篇题目颇为有趣的文章《“走出去”不差钱，差的是内容与翻译》(2012)发表在《中国翻译》上。作为《译林》杂志及译林出版社的创建人和首任社长，他基于从事中国翻译出版业多年以来的宝贵经验，针对今后的中国文学外译工作给出了多项建议。随着时代的发展，在中国官方主导下，翻译界已经逐渐开始重视对外国译者的奖励。随着国家对中国文化与文学对外传播的重视，翻译奖项的颁发已经从主要颁发给中国译者的情况转变为大力度奖励外国译者。这与中国翻译学者转变思路，重视翻译的跨文化交流与传播有极大的关系。相信随着国外对中国的关注度持续上升，会有越来越多的外国翻译家走到中国文学翻译的队伍中来，中国官方和各种组织对外国翻译家对翻译传播中国文学所做出的贡献将会给予更高的评价和奖励，这些热爱中国文学的外国翻译家们在实现自身价值的同时，也为本国文学与中国文学的交流留下了难以磨灭的印记。

三、开展针对外国译者的相关培训

近年来，随着国际社会对现当代中国原创性优秀文学作品的日益关注，文学作品翻译质量的问题日渐凸显，“翻译瓶颈”已成为描述翻译中出现的各种复杂问题的一个高频词。为了进一步促进我国优秀文学作品“走出去”，作为中英双方在翻译与出版方面的一次创新合作，中国新闻出版总署与英国企鹅出版集团联合于 2008 年在杭州举办了第一届中英文学翻译培训研讨班。20 位来自世界各国和我国台湾、香港地区的汉学家、翻译爱好者和 20 位来自国内的作家和出版社编辑一起针对在翻译过程中常遇到的问题进行切磋交流，并对“信、达、雅”的翻译标准进行了讨论。这次研讨班建立了中国作家、外国翻译家与出版商之间长期紧密的联系。

2009年，第二届中英文学翻译培训研讨班在苏州举行。该研讨班的主办单位与上届相比有所增加，由新闻出版总署对外交流与合作司、英国文化、媒体与体育部、英国艺术委员会、英国文学翻译中心、澳大利亚西悉尼大学等机构共同资助和支持，英国企鹅集团和江苏凤凰出版集团传媒集团联合承办。美国翻译家葛浩文、复旦大学教授张冲等著名翻译家、作家应邀到场。来自中英两国的40余名从事中英文学的翻译家、编辑和版权贸易人员参与了该研讨会。在培训中，涉及内容包括“翻译者的研讨会：我的翻译生涯”“电影台词翻译研讨会”“合同与版权”“作家的研讨会：作品被翻译的经验”以及“出版人论坛：如何写图书计划书”等。

2014年9月22日，由外语教学与研究出版社和英国文学翻译中心联合举办，黄山学院协办的“中英文学翻译与创意写作培训班”在黄山学院举行开班仪式。该培训班为期五天，授课内容涉及名家作品介绍、母语写作练习、文学翻译研讨、译文完善与定稿以及写作研讨会，旨在发掘、培养中外文学译者，提升文学翻译质量，突破中英文学的翻译“瓶颈”。该培训班以文学为母体、翻译为载体、力图促进中国与世界的文化交流。

通过对近年来国家政府部门对促进中国文学外译所开展的各项活动的梳理，可以看出国内一些翻译奖项仍然以颁发给中国翻译家为主，还没有实现思想意识方面的转变。一些翻译研讨会和培训的召开虽然已得到各方的高度重视，但是出于经费等各方面原因，这些翻译研讨会和培训班并没有形成规模且有规律、持续地开展下去。主办方的频繁变化并没有使中英翻译培训班达到稳步运行的状态，研讨会和培训的效果并没有真正体现出来，其中的问题非常值得研究和探讨。

综上所述，在翻译研究“文化转向”的影响下，世界文学的定义发生了根本性的转变，面对“华语语系文学”的冲击，中国文学应大力提高在世界各国，特别是在英语国家进行传播的进程，从而来提高中国的文化软实力。对于中国文学“走出去”翻译模式的探讨可以指导在官方主导下针对外国译者所实施的鼓励政策。在评价译作时，如果不考察文化因素，单向度的语言评价既不能反映译者选择背后的原因，又无法揭示翻译的文化意义。对国外译者给予奖励和资助的同时，翻译研讨会和培训班的开展可以使作者和译者面对面交流创作思路和时代背景，并解答译者的问题，有着非常重要的意义。翻译动机、意识形态差异以及由译者个人经历所产生的主体性等文化因素都在翻译中起着作用。在交流中作者与译者通过对所涉及的翻译动机、意识形态差异、译者主体性等相关因素的探讨，可以厘清文化因素与译作之间的关系以及影响译者决策的原因。

随着翻译研究的文化转向，翻译研究者们越来越少谈论哪个译本比另外的译本好或译者应该怎么翻译的话题，而是逐步认识到翻译活动的复杂性和重要性。随着翻译与译者在社会当中地位的逐年提升，国内外翻译界越来越重视译者的主观能动作用以及译作在历史、文化甚至政治语境下的重要作用。为了更好地发挥译者的作用和译本的文化意义，有必要建立定期的、系统的翻译研讨会及培训班，作者和译者可以一起探讨翻译过程中遇到的问题及处理方法。当然，此类探讨模式不能够像纯文本批评那样给出关于译文的绝对结论，因为它是一系列关于原作的内涵、翻译的目的、方法及效果的尝试性的共同探讨，必将会对中国文学的发展产生深远影响。

结 论

人类共同生活在一个多种文化共存的世界上，时时刻刻感受并参与着“文化力量”的相互作用。不同的历史发展造成了各种文化之间极大的差别，每种文化都在整合为一定的实力并努力表现出这种实力的强度。因此，在不同文化的相互作用中，呈现出强势文化和弱势文化的区分。从理论上讲，各种文化都有平等存在和共同发展的权力，但在现实世界中文化发展的不均衡是一个不争的事实，这也是西方学术界已经进行了长期和深入研究的一项课题。具体到翻译研究，文化转向由西方学者提出可以说是一个必然的发展趋势。中国翻译界的学者在充分借鉴西方翻译理论家研究成果的基础上，在形成自身对中国当代文学翻译适用的理论认识之后，创建了译介学，从而能够更加自觉地推进中国文学的开放性发展，在东西方翻译理论和文学作品的双向互动中、在世界文学的流通中实现中国文化的现代化。

世界文学是世界主义在文学中的体现。在全球化背景下，对文学作品的评价应该是在世界文学的高度与视野之下，看一部作品是否有独创性，以及在流通过程中它的译本是否能够被译入语国家的读者所接受。翻译是一种艺术，也是一门科学。在研究葛浩文中国文学英译的过程中，首先从认识论的发展规律出发，来研究翻译活动的自身规律，而后经过翻译实践的检验，就会形成体系化的翻译观。翻译观的发展也是一个不断深化的过程。语言文字带有民族的特殊性，但经过翻译，各种文化之间又具有了共通性。因而，不同国家、不同流派的翻译范式虽植根于本国或本民族的历史结构和特定的文化土壤之中，却又具有相当程度的普适性。

得益于葛浩文对中国文学在英语国家的译介，大量中国文学作品已经被翻译成多种语言，并在世界范围内广泛传播。读者通过翻译，对中国文学作品有了一定程度的了解，在这个过程中，中国文学得以在域外传播并施展影响。可见，中国文学在世界各国之所以能够产生持续反响是与海外汉学家和翻译家的共同努力分不开的，通过他们在域外的译介与研究，中国文学的魅力得以展现。同时，在影视剧改编和市场经济因素等“合力”的共同作用下，最终使中国文学在世界文学的洪流中得以展现显露。从其传播的轨迹和国别来看，中国文学作品的外译各有千秋，但从整体上看，在内外多种制约性因素的影响下，葛浩文的译作在对文本进行传播的同时，也进行了文化传播和美学传播，极大地丰富了中国文学创作的意义。

在多年辛勤探索耕耘之下，葛浩文以极具个性化的翻译方式传播中国文学与文化，坚持不懈地用符合英语世界读者语言习惯和精彩生动的译介对中国当代文学的传播起到了极大的推动作用，为向世界展示中国形象做出了自己的贡献。他的成功表明中国当代作家的汉语写作以及表达当下中国人经验的能力通过译介途径已经得到世界的认可。这对于其他中国作家既是一个巨大鼓舞，也具有重大启示，即中国文学作品走向世界的一个重要条件是要有在译入语国家接受性较强的翻译作品。评价这种译作的标准和中国传统翻译界在长期大量外译中的过程中所形成的评价标准并不一致，这就需要对中国传统翻译观进行文化转向，使之可以在中国文学进入世界文学的自由阅读和流通过程中起到积极作用，进而加深各国读者对中国文学，乃至中国文化的深刻理解。在中国文学作品的域外传播中，像葛浩文这样对中国文学持续多年怀有极大热情的外国翻译家们起到了不可替代的作用，他们实际上已经成为中国文学外译的主体。葛浩文中国文学英译是中国文学融入国际社会的一个里程碑，标志着中国文学现代性品质提升了一大步，对中国文学在世界范围内的接受具有特殊意义。

当然，随着中国的高速发展和国际影响力的提高，以及政府层面的重视和中国图书出版机构的积极努力，今后将会有越来越多的中国文学作品在各国翻译家的助力下走向世界。在中国政府主导下，各种针对外国翻译家的奖项、基金的设立也将鼓励并吸引越来越多的国外高水平汉语学习者走上中国文学翻译之路。

在全球化语境下，对文学话语权的讨论是当今文学与政治跨学科研究的重要议题之一。除了莫言，中国当代还有一大批优秀作家，他们的作品都在中国文学宝库之中有待挖掘。以翻译研究的文化转向为契机，推动中国文学外译的进程，从而引起全球范围内对于中国文学的关注，将在一定程度上有利于推动文学事业的良性发展，提升中国文化软实力。

参考文献

中文论文：

[1] 曹文刚：《莫言作品的海外译介与接受》，载《语言学刊》，2015 年第 4 期。

[2] 曹雪萍、金煜：《葛浩文：低调翻译家》，载《新京报》，2008 年 3 月 21 日。

[3] 崔艳秋：《八十年代以来中国现当代小说在美国的译介与传播》，吉林大学博士论文，2014 年。

[4] 查明建、田雨：《论译者主体性——从译者文化地位的边缘化谈起》，载《中国翻译》，2003 年第 1 期。

[5] 蔡新乐：《文化史就是翻译——陈寅恪的历史发现与其翻译观初探》，载《外语与外语教学》，2006 年第 10 期。

[6][丹麦]丹尼斯·金普尔等：《跨文化交流和翻译研究——论将一国的过去经验转换到另一国的将来语境的困境》，载《黑龙江社会科学》，2016 年第 3 期。

[7][丹麦]丹尼斯·金普尔、张喜华：《改变如何发生？——一种不同的文化研究方法的建议》，载《社会科学辑刊》，2014 年第 6 期。

[8][英]杜迈可：《论〈天堂蒜薹之歌〉》，季进、王娟娟译，载《当

代作家评论》，2006年第6期。

[9] 赋格、张英：《葛浩文谈中国文学》，载《南方周末报》，2008年3月27日。

[10][美] 葛浩文：《我有话说　十问葛浩文》，载《中华读书报》，2005年8月31日。

[11][美] 葛浩文：《我行我素：葛浩文与浩文葛》，史国强译，载《中国比较文学》，2014年第1期。

[12] 高方、苏童：《偏见、误解与相遇的缘分——作家苏童访谈录》，载《中国翻译》，2013年第2期。

[13] 郭景红：《中国当代文学何以在俄罗斯持续走红》，载《国际汉学》，2014年第2期。

[14] 郭娟：《译者葛浩文》，载《经济观察报》，2009年3月23日。

[15] 何佳韦：《2012年诺贝尔文学奖简述》，载《当代外国文学》，2014年第4期。

[16] 胡安江：《中国文学"走出去"之译者模式及翻译策略研究》，载《中国翻译》，2010年第6期。

[17] 胡铁生、蒋帅：《莫言对域外元小说的借鉴与创新——以〈酒国〉为例》，载《当代作家评论》，2014年第4期。

[18] 胡铁生、周光辉：《论美国诺贝尔文学奖的政治意蕴》，载《学术研究》，2011年第1期。

[19] 胡铁生、周光辉：《论文学在文化强国进程中的软实力作用》，载《学习与探索》，2013年第3期。

[20] 胡铁生、周光辉：《作家的社会责任与政治使命——莫言小说的文化软实力研究》，载《社会科学家》，2013年第3期。

[21] 胡铁生：《论文学话语权在全球化进程中的新转向》，载《学习与

探索》，2008 年第 1 期。

[22] 胡铁生、綦天柱:《基督教文化在明清的境遇及文化的相互影响》，载《学习与探索》，2015 年第 8 期。

[23] 胡铁生、孙宇:《莫言魔幻现实主义的是非曲直》，载《社会科学战线》，2015 年第 8 期。

[24] 胡铁生:《文学如何应对后现代主义来袭》，载《中国社会科学报》，2016 年 3 月 15 日，第 1 版，“争鸣”栏目。

[25] 胡铁生、夏文静:《福克纳对莫言的影响与莫言的自主创新》，载《求是学刊》，2014 年第 1 期。

[26] 蒋书丽:《葛浩文与萧红》，载《书屋》，2014 年第 2 期。

[27] 姜玉琴、乔国强:《葛浩文的‘东方主义’文学翻译观》，载《文学报》，2014 年 3 月 18 日。

[28] 姜智芹:《当代文学在西方的影响力要素解析——以莫言作品为例》，载《甘肃社会科学》，2015 年第 4 期。

[29] 季进:《我译故我在——葛浩文访谈录》，载《当代作家评论》，2009 年第 2 期。

[30] 廖七一:《论谢天振教授的翻译研究观》，载《渤海大学学报（哲学社会科学版）》，2008 年第 2 期。

[31] 刘江凯:《通与隔——中国当代文学海外接受的问题》，载《文艺争鸣》，2013 年第 6 期。

[32] 刘江凯:《跨语境的叙述——中国当代小说的海外接受》，载《山西大学学报（哲学社会科学版）》，2014 年第 1 期。

[33] 刘俊:《“华语语系文学”的生成、发展与批判——以史书美、王德威为中心》，载《文艺研究》，2015 年第 11 期。

[34] 刘新铭:《猫腔里的爱恨情仇——谈莫言〈檀香刑〉叙述方式的

开拓创新》，载《现代文学》，2011 年第 5 期。

[35] 刘云虹、许钧：《文学翻译模式与中国文学对外译介——关于葛浩文的翻译》，载《外国语（上海外国语大学学报）》，2014 年第 3 期。

[36] 罗屿：《葛浩文：美国人喜欢唱反调的作品》，载《新世纪周刊》，2008 年第 10 期。

[37] 罗承丽：《操纵与构建：苏珊·巴斯奈特"文化翻译"思想研究》，北京语言大学博士论文，2009 年。

[38] 吕梦盼：《莫言文学在美媒介镜像解构——基于美国权威报纸对莫言获奖报道的研究》，载《学术百家》，2013 年第 6 期。

[39] 莫言：《翻译是带着镣铐的舞蹈》，载《新文化报》，2016 年 8 月 16 日。

[40] 莫言、李比英雄：《文学·民族·世界——莫言、李比英雄对话录》，小园晃司译，载《博览群书》，2006 年第 7 期。

[41] 倪蓓锋：《论霍米巴巴的文化翻译》，载《中央民族大学学报》，2011 年第 5 期。

[42] 宁明：《莫言海外研究述评》，载《东岳论丛》，2012 年第 6 期。

[43] 潘文国：《译入与译出——谈中国译者从事汉籍英译的意义》，载《中国翻译》，2004 年第 2 期。

[44] 綦天柱、胡铁生：《文学疆界中的社会变迁与人的心理结构——以诺贝尔文学奖获得者福克纳和莫言的文学疆界为例》，载《社会科学家》，2015 年第 8 期。

[45] 邵璐：《莫言英译者葛浩文翻译中的"忠实"与"伪忠实"》，载《中国翻译》，2013 年第 3 期。

[46] 史国强：《葛浩文文学翻译年谱》，载《东吴学术》，2013 年第 5 期。

[47] 舒晋瑜：《十问葛浩文》，载《中华读书报》，2013 年 8 月 31 日，

第 13 版。

[48] 孙会军：《翻译与文化“杂合”》，载《外语教学与研究》，2003 年第 4 期。

[49] 孙艺风：《翻译与跨文化交际策略》，载《中国翻译》，2012 年第 1 期。

[50] 孙宇：《文化翻译视域下葛浩文对莫言小说英译的启示》，载《学习与探索》，2017 年第 2 期。

[51] 孙致礼：《中国的文学翻译：从归化趋向异化》，载《中国翻译》，2002 年第 1 期。

[52]［英］苏珊·巴斯奈特：《二十一世纪比较文学反思》，黄德先译，载《中国比较文学》，2008 年第 4 期。

[53]［英］苏珊·巴斯奈特、黄德先：《翻译研究与比较文学的未来——苏珊·巴斯奈特访谈》，载《中国比较文学》，2009 年第 2 期。

[54] 汤拥华：《文学如何“在地”？——试论史书美“华语语系文学”的理念与实践》，载《扬子江评论》，2014 年第 2 期。

[55] 王富：《外延的互逆——“译介学”概念植入的尴尬与反思》，载《社会科学战线》，2009 年第 12 期。

[56] 王观泉：《葛浩文与萧红》，载《中华读书报》，2014 年 1 月 22 日。

[57] 王国平：《文学翻译就像吃苦瓜》，载《光明日报》，2014 年 9 月 15 日。

[58] 王宁：《文化研究语境下的翻译研究》，载《外语与翻译》，1998 年第 2 期。

[59] 王宁：《翻译的文化建构和文化研究的翻译学转向》，载《中国翻译》，2005 年第 6 期。

[60] 王宁：《解构、后殖民和文化翻译》，载《外语与外语教学》，

2009年第4期。

[61] 王宁:《比较文学与翻译研究的文化转向》,载《中国翻译》,2009年第5期。

[62] 王宁:《翻译与文化的重新定位》,载《中国翻译》,2013年第2期。

[63] 王萍:《中国文化元素与欧美文学的接受——以列夫·托尔斯泰为例》,载《东北师大学报》,2015年第4期。

[64] 王启伟:《"中国文学走出去"之翻译机制与策略——以莫言作品和〈红楼梦〉翻译为例》,载《出版发行研究》,2014年第8期。

[65] 王向远:《译介学及翻译文学研究界的"震天"者——谢天振》,载《渤海大学学报(哲学社会科学版)》,2008年第2期。

[66] 魏格林:《沟通和对话——德国作家马丁·瓦尔泽与莫言在慕尼黑的一次会面》,载《上海文学》,2010年第3期。

[67] 肖进:《莫言在中东欧的译介、传播与接受》,载《华文文学》,2015年第1期。

[68] 谢天振:《论文学翻译的创造性叛逆》,载《外国语(上海外国语学院学报)》,1992年第1期。

[69] 谢天振:《翻译研究的最新进展与比较文学的学科困惑》,载《中国比较文学》,1997年第1期。

[70] 谢天振:《启迪与冲击——论翻译研究的最新进展与比较文学的学科困惑》,载《中国比较文学》,1997年第1期。

[71] 谢天振:《国内翻译界在翻译研究和翻译理论认识上的误区》,载《中国翻译》,2001年第4期。

[72] 谢天振:《论译学观念现代化》,载《外国语言文学研究》,2003年第3期。

[73] 谢天振:《论比较文学的翻译转向》,载《北京大学学报(哲学社

会科学版)》，2008 年第 3 期。

[74] 谢天振：《论创造性叛逆：争论、实质与意义》，载《中国比较文学》，2012 年第 2 期。

[75] 许方、许钧：《翻译与创作——许钧教授谈莫言获奖及其作品的翻译》，载《小说评论》，2013 年第 2 期。

[76] 徐刚、胡铁生：《美国迪斯尼动画影像中的后殖民意识——解析〈风中奇缘〉中的西方话语霸权》，载《电影文学》，2013 年第 17 期。

[77] 许钧：《创造性叛逆和翻译主体性的确立》，载《中国翻译》，2003 年第 1 期。

[78] 许渊冲：《关于翻译学的论战》，载《外语与外语教学》，2001 年第 11 期。

[79] 许渊冲：《文学翻译与中国文化梦》，载《中国外语》，2014 年第 5 期。

[80] 闫怡恂、[美] 葛浩文：《文学翻译：过程与标准——葛浩文访谈录》，载《当代作家评论》，2014 年第 1 期。

[81] 张莉：《传媒意识形态与“世界文学”的想象——以“顾彬现象”为视点》，载《文艺争鸣》，2009 年第 2 期。

[82] 张宁：《比较文学“译介学”的性质及其对象》，载《学术月刊》，2007 年第 8 期。

[83] 张毅、綦亮：《从莫言获诺奖看中国文学如何走出去——作家、译家和评论家三家谈》，载《当代外语研究》，2013 年第 7 期。

[84] 周新凯、高方：《莫言作品在法国的译介与解读——基于法国主流媒体对莫言的评价》，载《小说评论》，2013 年第 2 期。

[85] 曾文雄：《“文化转向”核心问题与出路》，载《外语学刊》，2006 年第 2 期。

析出文献部分：

[86] 高兴：《黑色，阴影，模糊的界限》，见刘硕良：《诺贝尔文学奖作家论》(下)，漓江出版社 2013 年版。

[87] [美] 葛浩文：《香港初版序》，见葛浩文：《萧红传》，复旦大学出版社 2011 年版。

[88] 莫言：《千言万语　何若莫言》，见《莫言作品精选》(珍藏版)，长江文艺出版社 2012 年版。

[89] 莫言：《我在美国出版的三本书》，见《莫言演讲新篇》，文化艺术出版社 2010 年版。

[90] 谢天振：《为"弃儿"寻找归宿——翻译在文学史上的地位》，见谢天振：《比较文学与翻译研究》，复旦大学出版社 2011 年版。

[91] 张树武：《论现代社会发展中大众传媒的责任与作用》，见张树武、胡铁生、于晓辉主编：《文化传播与社会发展》，吉林人民出版社 2005 年版。

[92] 袁莉：《从莫言作品在法国的译介——谈中国文学的西方式生存》，见上海市社会科学界联合会编：《中国梦：道路・精神・力量——上海市社会科学界第十一届学术年会文集(2013 年度)》第四七卷，上海人民出版社 2013 年版。

中文专著：

[93]《马克思恩格斯选集》第 1 卷，人民出版社 1976 年版。

[94] 曹顺庆：《比较文学论》，四川教育出版社 2005 年版。

[95] [美] 大卫・达姆罗什：《世界文学理论读本》，刘洪涛、尹星主编，北京大学出版社 2013 年版。

[96][美]葛浩文:《漫谈中国新文学》,香港文学研究社1980年版。

[97][美]葛浩文:《论中国文学》,史国强编,闫怡恂译,现代出版社2014年版。

[98][美]葛浩文:《葛浩文随笔》,史国强编,闫怡恂译,现代出版社2014年版。

[99][以色列]尤瓦尔·赫拉利:《人类简史:从动物到上帝》,林俊宏译,中信出版社2017年版。

[100]洪子诚:《中国当代文学史》,北京大学出版社1999年版。

[101]胡铁生,李允成主编:《英语被动语态的汉译技巧》,成都科技大学出版社1995年版。

[102]胡铁生:《全球化语境中的莫言研究》,社会科学文献出版社2017年版。

[103][英]杰里米·芒迪:《翻译学导论—理论与实践》,李德凤等译,商务印书馆2007年版。

[104]兰守亭:《诺贝尔文学奖百年概观》,学林出版社2006年版。

[105]刘军平:《西方翻译理论通史》,武汉大学出版社2009年版。

[106]刘宓庆:《新编当代翻译理论》,中国对外翻译出版公司2005年版。

[107]刘绍铭:《文学岂是东西》,辽宁教育出版社1999年版。

[108][法]罗贝尔·埃斯卡皮:《文学社会学》,王美华、于沛译,安徽文艺出版社1987年版。

[109]莫言:《红高粱家族》,作家出版社2012年版。

[110]莫言:《檀香刑》,作家出版社2012年版。

[111][美]约瑟夫·奈:《美国定能领导世界吗?》,何小东、盖玉云译,军事译文出版社1992年版。

[112]孙会军:《葛浩文和他的中国文学译介》,上海交通大学出版社

2016 年版。

[113] 孙坤荣等:《历届诺贝尔文学奖获奖作家小说选》(上), 贵州人民出版社 1994 年版。

[114] 杨冬:《文学理论——从柏拉图到德里达》, 北京大学出版社 2009 年版。

[115] 杨乃乔:《比较文学概论》, 北京大学出版社 2006 年版。

[116] 乐黛云:《比较文学简明教程》, 北京大学出版社 2003 年版。

[117] 谢天振:《译介学》, 上海外语教育出版社 1999 年版。

[118] 谢天振:《比较文学与翻译研究》, 复旦大学出版社 2011 年版。

[119] 王宁:《比较文学、世界文学与翻译研究》, 复旦大学出版社 2014 年版。

[120] 王宁:《翻译研究的文化转向》, 清华大学出版社 2009 年版。

[121] 王宁:《文化翻译与经典阐释》, 中华书局 2006 年版。

[122] 许钧、宋学智:《20 世纪法国文学在中国的译介与接受》, 湖北教育出版社 2007 年版。

[123] 许钧:《文学翻译批评研究》, 译林出版社 2012 年版。

英文论文:

[124] Susan Bassnett & Andre Lefevere, "Introduction: Proust's Grandmother and the Thousand and One Nights: The 'Cultural Turn' in Translation Studies", *Translation, History and Culture*: *A Source Book*, London and New York: Routledge, 1992.

[125] S. Bassnett &A. Lefevere , *Constructing Cultures: Essays on Literary* Translation, Shanghai: Shanghai Foreign Language Education Press, 2001.

[126] Walter Benjamin, "The Task of the Translator" , H. Zohn (trans.),

The Translation Studies Reader, Lawrence Venuti（ed.）London: Routledge, 2000.

[127] J. B. Casagrand, "The Ends of Translation", *International Journal of American Linguistics*, Vol. 4, 1954.

[128] Chitralekha Basu, "Right to Rewrite? " *China Daily*. Aug . 8th, 2011.

[129] James S. Holmes, " The Name and Nature of Translation Studies", in Lawrence Venuti. (ed.), *The Translation Studies Reader*, London and New York : Routledge , 2000.

[130] Liu Jun, " Howard Goldblatt: Faithful to the Original", *China Daily*, March 12, 2008.

[131] Christopher Lupke, "Hankering after Sovereign Images: Modern Chinese Fiction and the Voices of Howard Goldblatt", *Chinese Literature Today*, Vol. 2, No.1, 2011.

[132] Robert Con Davis-Undiano, "A Westerner' s Reflection on Mo Yan" , *Chinese Literature Today*, Vol. 3, No.1/2, 2013.

[133] Howard Goldblatt, "The Writing Life" , *Washington Post*, April 28, 2002.

[134] Ge Haowen. "A Mi Manera: Howard Goldblatt at Home——A Self-Interview", *Chinese Literature Today*, Vol. 2, 2011.

[135] Howard Goldblatt, "The Return of Art" , *Manoa*, Vol.1, No.1-2, 1989.

[136] Howard Goldblatt, "Contemporary Chinese Literature and the New Wenyi Bao", *World Literature Today*, Vol. 53, No. 4, Autumn, 1979.

[137] Howard Goldblatt, "Why I Hate Arthur Waley? Translating Chinese in a Post-Victorian Era", *Translation Quarterly*. Vol. 13-14, 1999.

[138] Howard Goldblatt, "Of Silk Purses and Sows' Ears: Features and Prospects of Contemporary Chinese Literature", *Translation Review*, Vol.59, No.1, 2000.

[139] Howard Goldblatt, "Blue Pencil Translating: Translator as Editor", *Translation Quarterly*, Vol. 33, 2004.

[140] Aimee Levitt, "Howard Goldblatt's life in translation", *Reader*, April 11, 2013.

[141] Shelley W. Chan, " From Fatherland to Motherland: On Mo Yan's Red Sorghum & Big Breasts and Full Hips", *World Literature Today*, Vol. 74, No. 3, Summer, 2000.

[142] Pankaj Mishra, "Why Salman Rushdie Should Pause Before Condemning Mo Yan on Censorship?", *The Guardian*, Dec. 13, 2012 .

[143] Perry Link, "Does This Writer Deserve the Prize?", *The New York Review of Books*, Dec. 6, 2012.

[144] Perry Link, "Why We Should Criticize Mo Yan", *NYR Daily*, Dec. 24 , 2012.

[145] Peter Damgaard, "Vision in Exile: Inroads to a 'Counter-System' of Contemporary Chinese Literature", Doctoral thesis of Copenhagen University, 2012.

[146] John Updike, "Bitter Bamboo: Two novels from China", *The New Yorker*, May 9th, 2005.

英文专著：

[147] Homi K. Bhabha, *The Location of Culture*, London and New York: Routledge, 1994.

[148] Susan Bassnett, *Comparative Literature: A Critical Introduction*,

Oxford: Wiley–Blackwell, 1993.

[149] Susan Bassnett, *Translation Studies* (revised edition), London and New York: Routledge, 1991.

[150] Susan Bassnett and Andre Lefevere, *Constructing Cultures: Essays on Literary Translation*, Shanghai: Shanghai Foreign Language and Education Press, 2001.

[151] Susan Bassnett and Andre Lefevere, *Translation, History and Culture: A Source Book* , London and New York: Routledge, 1992.

[152] Corinne H. Dale (ed.) , *Chinese Aesthetics and Literature—A Reader*, Albany: State University of New York Press, 2004.

[153] David Damrosch, *What is World literature?*, Princeton: Princeton University Press, 2003.

[154] Edwin Gentzler, *Contemporary Translation Theories* (2nd edition). Clevedon: Multilingual Matters Ltd, 2001.

[155] Howard Goldblatt, *Hsiao Hung*, Boston: Twayne Publisher, 1976.

[156] Joseph S. Nye, Jr., *Bound to Lead: The Changing Nature of American Power*, New York: Basic Books, 1990.

[157] André Lefevere, *Translation, Rewriting, and the Manipulation of Literary Fame*, London and New York:Routledge,1992.

[158] André Lefevere, *Translation, History and Culture: A Source Book*, London and New York: Routledge, 1992.

[159] Mo Yan, *Red Sorghum*, Howard Goldblatt (trans.), London: Arrow Books, 2003.

[160] Mo Yan, *Sandalwood Death*, Howard Goldblatt (trans.), Norman: University Press of Oklahoma, 2013.

[161] Kurt Mueller–Vollmer and Michael Irmscher, *Translating Literatures,*

Translating Cultures: New Vistas and Approaches in Literary Studies, Stanford: Stanford University Press, 1998.

[162] Jeremy Munday, *Introducing Translation Studies: Theories and Applications*, London and New York: Routledge, 2001.

[163] Pascale Casanova, *The World Republic of Letters*, M. B. DeBevoise (trans.), Cambridge and London: Harvard University Press, 2004.

[164] Tejaswini Niranjana, *Sitting Translation: History, Post—Structuralism, and the Colonial Context*, Berkeley: University of California Press, 1992.

[165] John Updike, "Bitter Bamboo: Two novels from China", *The New Yorker*, Vol. 81, No.12, May 2005.

[166] Lawrence Venuti, *The Translator's Invisibility: A History of Translation*, London and New York: Routledge, 1995.

[167] Lawrence Venuti, *The Translation Studies Reader*, New York: Routledge, 2000.

[168] Wang Ning, *Globalization and Cultural Translation*, Singapore: Marshall Cavendish Academic, 2004.

[169] Yue Daiyun, *Comparative Literature and China—Overseas Lectures*, Beijing: Peking University Press, 2004.

中文网络文献：

[170] 柴爱新、白春阳：《中国当代文学海外传播：翻译与推广非常重要》，http://www.chinanews.com/cul/2012/10-22/4266560.shtml（访问时间：2012年10月22日）。

[171] 葛浩文：《我只译我喜欢的小说》，http://www.cssn.cn/ts/ts_

dsft/201312/t20131212_906180.shtml（访问时间：2013 年 12 月 12 日）。

[172] 韩琳责编：《黄友义委员：建议重大党政文献提前翻译　中外文版同步发布》，http://www.china.com.cn/fangtan/2017–03/10/content_40437337.htm（访问时间：2017 年 3 月 10 日）。

[173] 刘珊、吴海鸥：《专访葛浩文：爱上萧红　爱上东北》，http://www.chinaneast.gov.cn/2013–10/15/c_132799277.htm（访问时间：2013 年 10 月 15 日）。

[174] 罗福林：《莫言的批评者们错在何处》，http://www.aisixiang.com/data/60048.html（访问时间：2012 年 12 月 20 日）。

[175] 莫言：《翻译是带着镣铐的舞蹈》，http://news.ifeng.com/a/20160816/49781459_0.shtml（访问时间：2016 年 8 月 16 日）。

[176] 莫言瑞典学院演讲全文：《讲故事的人》，http://book.sina.com.cn/cul/c/2012–12–08/0110378185.shtml（访问时间：2012 年 12 月 8 日）。

[177] 苏向东：《海外译介难进主流市场　中国文学何时真正走向世界》，http://culture.china.com.cn/2010–08/17/content_20723843.htm（访问时间：2010 年 8 月 17 日）。

[178] 杨馥戎编辑：《作家和翻译谁成就谁？葛浩文译本被赞比原著好》，http://www.huaxia.com/zhwh/whgc/2012/11/3066790.html（访问时间：2012 年 11 月 2 日）。

[179] 王春华责编：《莫言获诺贝尔奖的重要推手——记瑞典翻译家陈安娜》，http://news.xinhuanet.com/world/2013–09/06/c_117253929_2.htm（访问时间：2013 年 9 月 6 日）。

[180] 王俊：《他向我们展示了一个被人遗忘的农民世界》，http://news.ifeng.com/gundong/detail_2012_12/12/20072200_0.shtml（访问时间：2012 年 12 月 12 日）。

[181] 王晓雄:《英媒:中国出版商欲将中国文学介绍到全世界》,http://oversea.huanqiu.com/article/2014-10/5169487.html。

[182] 赵喜斌:《统计称中国4亿人学英语　熟练度亚洲倒数第二》,http://edu.qq.com/a/20140717/006973.htm(访问时间:2014年7月17日)。

[183] 郑文静:《写歌也能拿诺奖 2016年诺贝尔文学奖授予鲍勃·迪伦》,http://culture.people.com.cn/n1/2016/1014/c22219-28778182.html(访问时间:2016年10月14日)。

[184] 中国媒体采访:《中国文学走出去,路有多远?》,http://www.spittingdog.net/2016/07/18/chinese-media-interviews-3-jiangnan-magazine/(访问时间:2016年7月18日)。

[185] 钟娜:《"纸托邦"异花传粉将中国文学译介给英语读者》,http://www.thepaper.cn/newsDetail_forward_1417682(访问时间:2016年1月7日)。

[186] 中新:《葛浩文译本被赞比原著好》,http://news.xinhuanet.com/book/2012-11/03/c_123909090.htm(访问时间:2012年11月3日)。

[187] zengyan:《2050年全球经济前景报告正式出炉　中国将成最大经济体》,http://finance.chinairn.com/News/2017/02/07/170021276.html(访问时间:2017年2月7日)。

英文网络文献:

[188] Charles Laughlin, What Mo Yan's Detractors Get Wrong,http://www.chinafile.com/what-mo-yans-detractors-get-wrong.

[189] Per Wästberg, Award Ceremony Speech, http://www.nobelprize.org/nobel_prizes/literature/laureates/2012/presentation-speech.html.

[190] The Permanent Secretary, The Nobel Prize in Literature 2012, http://www.nobelprize.org/nobel_prizes/literature/laureates/2012/press.html.

附录：丹麦汉学家魏安娜教授访谈录

笔者于2015年8月—2016年8月在丹麦哥本哈根大学作为联合培养博士生学习期间，有幸在ThinkChina智库项目经理Martin Bech的引荐下，拜访了已经荣休的魏安娜（Anne Wedellsborg）教授。她在家中四面都是书墙的客厅里接待了我。魏安娜教授能够说一口流利的汉语，并对中国社会和中国文学多年来一直保持密切关注，正在进行“中国记忆”（Memory in China）的研究项目。她谦逊友好的态度和对中国文学的热情给我留下了深刻印象。回国后，我根据所做研究向魏安娜教授提出了一些相关问题，并向她发出邮件采访的邀请。魏安娜教授当时正在撰写*Routledge Handbook on Modern Chinese Literature*（《现代中国文学劳特利奇指南手册》）一书中的一章，而且还要为接待今年余华出访丹麦撰写一篇文章。尽管如此，魏安娜教授还是在百忙之中接受了我的邮件采访，对我所提出的诸多问题进行了详尽细致的解答，还表达了对中国青年文学研究者的鼓励。在此，首先对魏安娜教授表示衷心的感谢，希望她能够继续为中丹文学交流做出更大的贡献。我将访谈录在此予以分享，为使魏安娜教授的回答让更多的中国读者得以了解，我对这些回答进行了翻译，希望魏安娜教授以其深厚的学养和独特的视角，对中国文学研究和外译问题所做的回答能够给进行中国文学研究的学者们带来一定的启发，同时也希望此采访能够帮助中国学者对丹麦的中国文学研究整体现状和中国当代文学在丹麦的译介情况有所了解，从而加深中丹两国文学研究界的沟通与交流，采访问题如下。

问题一：我知道您在2014年荣休前一直是丹麦奥胡斯大学东亚系的系主任，研究中国文学已经40多年了，您用丹麦文、英文和中文撰写了大量研究中国现当代文学的文章，编辑并撰写了在北欧及英语世界都非常有影响力的中国文学研究评论集，与此同时，您也一直从事中国文学翻译工作。据您的了解，中国当代文学在丹麦的翻译、研究情况是怎样的？您能介绍一下丹麦在中国当代文学研究方面的情况吗？

魏安娜教授：In recent years quite a few works of high literary quality by Chinese authors have been translated into Danish, directly from Chinese, i.e. Mo Yan, Yu Hua, Yan Lianke. They have all been well received and have sold well. However, generally speaking, the research and study of Chinese literature in Denmark is very limited. Important university departments, such as Aarhus University and Copenhagen University, mostly focus on Chinese society and politics, and in terms of culture, there is a trend towards focusing on popular culture and media.

近些年，许多中国作家的高质量文学作品被直接从汉语翻译成丹麦语，例如，莫言、余华、阎连科等。他们都有广泛的读者群，译著也很畅销。然而，大体上说，中国文学在丹麦的研究还是非常有限的。重要的大学院系，如丹麦奥胡斯大学和哥本哈根大学，大多将注意力放在对中国社会和政治的研究上，至于文化，有针对大众文化和媒体研究的趋势。

问题二：据我所知，您已经把余华的几部重要作品翻译成丹麦文并出版，都是哪几本书呢？您为什么对余华的作品情有独钟呢？您翻译中国文学作品时会不会考虑译者的主体性问题，也就是说您会不会使自己的风格表现在译作中？会不会根据北欧文学的叙事模式去改写原作？您在翻译策略上是更侧重归化翻译还是异化翻译呢？

魏安娜教授：I translated Yu Hua's *Huozhe*, one of my excellent graduate students, specializing in literature, translated *Xu Sanguan Mai Xue Ji* and *Di qi tian*. I myself also translated texts by other writers, such as Can Xue, Bei Dao, Xi Chuan, Gao Xingjian. I do not have a specific strategy when I translate, apart from trying to be loyal and close to the original text, at the same time as writing a lively and natural Danish, and not turn it into something exotic.

I met Yu Hua personally back in 1990, and got fascinated by his avant-garde stories. So they became the focus of my early research. Since then I have followed Yu Hua writing closely and written quite a lot of scholarly articles and papers on it. Somehow Yu Hua manages to say something essential in a rather straightforward, unadorned way (even when it's a bit of a farce, like *Brothers*) with his own tone of voice. Basically, he is a great story-teller and recorder of China's recent history.

我翻译了余华的《活着》，我的一位非常优秀的文学专业研究生翻译了《许三观卖血记》和《第七天》。我自己也翻译了其他作家的一些文稿，如残雪、北岛、西川和高行健等。当我翻译时，我没有具体的翻译策略，除了努力做到忠实和贴近原文，与此同时，尽量使用生动自然的丹麦语，而不把作品翻译成读来拗口的奇怪语言。

我在1990年就和余华见过面，并且被他先锋派的故事所吸引。因此，余华及其作品成为了我早期研究的重点。从那之后，我一直密切关注余华的作品，并且写了很多学术文章。余华用自己的语调设法以一种相当直接、未经装饰的方式说出了一些关键的问题（尽管有时看起来有点像一场闹剧，如《兄弟》）。从根本上说，他是一个伟大的讲述者，是中国最近一段历史的记录者。

问题三：中国比较文学界领军人物王宁曾于2001年在《中国文化研究》上发表了一篇题为《中国现当代文学研究在西方》的文章，文中曾详细介绍您对中国文学研究所做的贡献。您现在对中国当代文学批评界是否还在持续关注呢？您怎么看待进入新世纪后中国当代文学批评界的发展呢？

魏安娜教授：No doubt Chinese literary criticism has become much more mature, no longer just trying to apply fashionable western theories. Perceptive critics and scholars like Chen Xiaoming and Chen Sihe, for example, know all these theories but make their own independent analyses. Exchanges between Chinese scholars working at, for example, American universities, and literary criticism within China, has also had a positive influence.

毋庸置疑，中国文学评论界已经日益成熟，不再只是尝试使用时髦的西方理论。敏锐的评论家和专家，像陈晓明和陈思和，都了解这些西方理论，但是却做出了自己的独立分析。一些在国外高校工作（如在美国）的中国专家和中国国内的文学批评家之间的交流也产生了积极的影响。

问题四：我了解到您曾在2015年5月30日接受了《新京报》特约

记者王晶晶的采访，采访中提到了您对中国文学产生兴趣的渊源和多年以来对中国文学研究的持续动力。这也是我能查到的唯一一篇关于您的中文报道。您是否希望您对中国文学的研究被中国学者广泛了解呢？

魏安娜教授：Actually, quite a few of my articles were published in Chinese, in prestigious journals or as book-chapters, not to mention all those papers and articles in English that Chinese colleagues have also been able to read. I have attended a number of conferences in China, and international conferences with Chinese participants. So I do feel sufficiently connected in the Chinese academic world.

实际上，我的很多文章都是用汉语发表在一些知名的刊物或者作为书籍当中的某些章节，更不用说那些用英语发表的、中国同行们也能阅读的论文和文章了。我也参加了很多在中国召开的会议和一些有中国学者参加的国际会议，所以我与中国学术界的联系还是非常密切的。

问题五：中国社会科学院文献信息中心研究员萧俊明2005年在《国家社会科学》上发表《北欧中国学追述》一文，他认为现阶段丹麦的中国研究已经失去了高本汉在北欧开创的传统汉学所具有的学术渊源和人文传统，具有深厚人文功底的中国研究学者已经不是很多了。新一代学者似乎更加务实，他们不再追求传统学者在学问上的那种博大精深，更注重研究项目的实用性和适宜性。您认为事实是这样的吗？您对此有什么看法？

魏安娜教授：I agree. Traditional sinological scholarship has almost disappeared in Denmark. Bernhard Karlgren's students used to be professors in the Scandinavian countries, but they are all dead (Egerod in Copenhagen) or retired (Malmqvist in Stockholm) . Harbsmeier (Oslo, now retired) is the only one left. But modern China studies are certainly also based on serious research and scholarship. The fact that the old philological study of traditional China no longer exists, is also due to financial cuts in university budgets. The government favors modern and contemporary studies.

我同意他的说法。传统的汉学在丹麦几乎已经消失了。高本汉的学生们曾经在斯堪的纳维亚国家担任教授，但是他们已经都去世了（如在哥本哈根的艾葛乐）或者退休了（如在斯德哥尔摩的马悦然）。何莫邪（在奥斯陆，现在也退休了）是唯一的一位了。但是现代中国研究当然仍是以严肃的研究和学术为基础的。原来的传统中国文献研究已经消失这一事实，同时也是由于大学经费预算的缩减，政府更支持现当代研究造成的。

问题六：您觉得中国当代文学近些年有什么明显的变化吗？关于中国当代文学在海外受到关注和研究的原因，您认为是中国经济的发展和国际影响力的提升带动了中国当代文学在国际上受重视吗？中国学界、对外出版界对中国文学在发达国家读者市场中的边缘地位深感焦虑，“中国文学如何走出去”这样的话题不绝于耳。您认为导致这个现象的主要原因是什么？中国当代文学如果想扩大在国外的影响，从国家到作家以及中国学者还需要在哪些方面做出努力？中国官方机构一直在不懈地努力要把中国文学译介给国外读者，但效果并不显著。您对中国文学的国外传播有什么建议吗？

魏安娜教授：Basically Chinese literature has become extremely varied, catering for a very diversified readership. Internet literature is also an important phenomenon. Obviously China's economic development has increased the general western interest towards China, including its literature. But the main focus has been on reading, for example, Chinese novels as a way of understanding Chinese society, not to appreciate their literary quality. Most western readers do not realize that actually a lot of fine literature is written in China. What can Chinese officials and literary workers do? Well, financial support for translations (as already exists) is a good thing. Apart from that, be patient (things are getting better) , and … do *not* present Chinese writers as a kind of representatives of the Chinese nation, but see them as individuals, representing only themselves. Allow for more critical, weird, unconventional, original texts to be published in China.

基本上，中国文学已经变得相当多样化以迎合不同的读者群。网络文学的发展也是一个重要的现象。显然，中国的经济发展已经提升了全体西方国家对中国的兴趣，包括中国文学在内，但主要集中在把阅读中国小说作为一种了解中国社会的方式，而不是欣赏中国文学的品质。大多数西方读者没有意识到，中国还是有许多优秀的文学作品。至于中国官方和文学工作者们可以做些什么，我认为对翻译的经济资助（正如已经存在的）是一件好事。除此之外，要有耐心（事情都会越来越好）……不要把中国作家视为中国的代表，而是把他们看作仅仅代表他们自己的个体。允许他们有更加批判性的、特立独行的、不落俗套的原创作品在中国发表。

问题七：您曾在莫言获诺贝尔文学奖之后发表了一篇评论文章“Mo Yan: Litteratur, politik og Nobelpris”，您对获奖的看法是什么？您曾在采访中说过读莫言的小说比较少，个人对他的作品不是很喜欢，那些铺陈的句子、繁冗夸张的比喻，让您不太读得下去。是莫言叙事风格的原因吗？丹麦读者对莫言总体上持有一种什么样的印象？

魏安娜教授：In fact, I am sorry that my comment on Mo Yan to the Chinese journalist sounded so negative. I think Mo Yan is a very good writer with extraordinary imaginative powers. It is true that I personally find some of his work too verbose and long-winded. But that is only my personal taste. My main argument in the article you mention was precisely to support the Nobel committee, and to refute those people in the West who criticized Mo Yan for being too official. Their judgment was based on a very limited—or no—understanding of the literary scene in China. Western people often tend to see things in terms of black and white...It is difficult for western people to look at China in a nuanced way. So there is a lot of misunderstanding.

事实上，我想对之前向中国记者所做的关于莫言的评价表示抱歉，因为这些评价听起来很负面。我认为莫言是一位很好的作家，拥有非凡的想象力。我个人确实觉得他的一些作品有些冗长啰嗦，但那只是我个人的口味。我在你提及的那篇文章中的主要观点是支持诺贝尔评委会，驳斥那些西方国家批判莫言过于官方的言论。他们的判断是基于对文学现状非常有限的理解，甚至他们根本没有理解。西方人经常趋向于把事情分成黑白两面来看……西方人很难做到用一种微妙的眼光看待中国，所以就会有很多误会。

问题八：我的博士论文主要研究了葛浩文英译莫言作品对中国文学翻译的未来发展所带来的启示，可以说莫言作品的外译在某种程度上帮助莫言获得了诺贝尔文学奖。葛浩文对中国文学在英语世界的译介方面做了巨大贡献，但中国国内也有学者批评葛浩文翻译时没有完全忠实原作。您作为丹麦资深的文学评论家兼翻译家，请您谈谈翻译原则与作品域外接受的问题，比如翻译时应考虑读者的接受情况多一些，还是应更多地考虑忠实于原作？

魏安娜教授：Howard Goldblatt's translations of Chinese literature have been immensely important in promoting a number of Chinese writers in the West, including helping Mo Yan to get the prize.（But don't forget Professor Malmqvist, sinologist and member of the Nobel committee, a great translator himself）. In my view, one of the reasons Goldblatt's translations are so popular, is that in many cases—Mo Yan's included—he acts like a publishing editor, making some changes or abbreviations, suggesting things to the original writer. As long as it is done in collaboration with the writer it is okay. In fact, it is my impression that Chinese editors sometimes do not do a proper job in helping writers to improve their texts. Perhaps they are too focused on ... forgetting the aesthetic criteria.

葛浩文对中国文学的翻译确实对提升很多中国作家在西方国家的知名度起到了巨大的作用，包括帮助莫言获得这个奖项（但是别忘记马悦然教授，他不但是汉学家，还是诺贝尔评奖委员会成员，本身也是一位出色的翻译家）。我认为，葛浩文的译本之所以如此受欢迎的原因之一是，在许多情况下，包括莫言的译本在内，他扮演了出版社编辑的角色，对原著做了一些改变和删减，向原作者提一些建议。只要他是和原作者共同完成的，就没有问题。实际上，在我的印象当中，中国的编辑有时并没有做好帮助原作者提升文本质量的工作，或许他们太过于关注其他而忽略了美学标准。

后　记

自本科和硕士研究生阶段以英语语言文学为专业以来，我一直感觉自己在中国文学领域还有所欠缺。随着中国国力的增强，汉语话语权在国际上的影响日趋明显，我深感将之前自己对英美文学的浅薄了解和中国文学领域的研究结合起来的必要性。近年来国内外对中国文学英译研究发展迅猛，这一领域的研究成果已相当可观，所以要找到一个新的切入点，对于初涉比较文学领域的我来说是一个巨大的挑战。在有幸得到吉林大学胡铁生老师的指导后，我决定走上葛浩文中国文学英译研究之路。胡老师严谨的治学态度对也曾身为人师的我影响深远，作为胡老师的封山弟子，从胡老师身上学到的治学精神，我必尽自己所能传播下去。

在 2014 年 9 月入学之初，我非常幸运地跟随吉林大学文学院杨冬教授学习了集结杨老师数年学术研究心血所撰写的《文学理论——从柏拉图到德里达》。杨老师以阅读为乐的纯粹的学术态度和对西方文论的深入研究使我敬佩不已。杨老师在每次课上为学生推荐的书单，都成了我的必读书目，我也由此收获了很多阅读的快乐。

2015 年 8 月—2016 年 8 月，我有幸在国家留学基金委的资助下，作为联合培养博士生在丹麦哥本哈根大学进行了为期一年的学习。在跟随跨文化与区域研究系的副主任、丹麦英裔资深汉学家 Denise Gimpel 教授学习半年后，她因突发重度脑溢血住院治疗，经抢救后逐渐康复，但意识仍然混乱。这个突发状况令我措手不及，也对 Denise 老师的状态伤心不已。我曾经想过中断国外学习，回到国内，但最后还是坚持下来，完成了一年的学习。在之后的半年，我师从莫言小说丹麦语翻译家 Peter Damgaard，受益良多。

葛浩文曾说萧红是他的“隔世恋人”，在进行萧红研究期间的最后几个月中，他对萧红短暂的悲剧人生感同身受，论文即将完稿时竟不忍下笔，仿佛“只要不写下最后一句，萧红就不会死”。四十多年后，葛浩文成了我学术研究的主角，在书稿即将完成之际，我心中竟也生出了对他的恋恋不舍，真心希望他在年近 80 的高龄保重身体，为英语读者译介出更多更好的中国文学作品，也希望对中国文学如此热爱的汉学家们会越来越多，世界文学也会随着这些汉学家的努力变得厚重起来。

本书能够出版，我心里最想表达的就是感谢，而最想感谢的人就是我的导师胡铁生老师，感谢胡铁生老师给了我攻读博士学位的机会和在葛浩文中国文学英译研究方面的指引。胡老师渊博的学识以及在学术研究方面不断进取的精神也时刻激励着我，使我丝毫不敢懈怠，唯恐辜负了恩师的期望；感谢杨冬老师用心传达的“读书虽无用，无用即有用”的学术精神；感谢我的硕士导师黑龙江大学西语学院的徐文培老师十几年来对我的谆谆教导；感谢 Denise Gimpel 老师给了我去丹麦留学的机会，以及对我论文的理论基础，即文化翻译方面的引领；感谢 Peter Damgaard 老师作为一位中国文学翻译家的敬业精神和职业操守；感谢丹麦奥胡斯大学东亚系的前主任 Anne Wedellsborg 教授作为资深中国文学专家和余华小说丹麦语翻译家为丹麦培养了很多优秀的汉学家和中国文学翻译家，感谢她接受了我对北欧国家莫言小说译介和接受情况的邮件采访；感谢厦门大学外文学院张龙海教授引领我展开博士后研究，开拓了我的学术视野，使我有更多的机会去实现自己的梦想；感谢厦门大学外文学院博士后流动站负责人吴光辉教授一直以来对我的指导与帮助，使我的科研之路能够走得更加顺畅。

最后，我要感谢我的家人，特别是我的父母、丈夫和女儿。父母给了我生命，让我在浓浓亲情的关爱中长大成人，并享受他们倾其所有提供的教育，这样的恩情我无以为报，唯有将其化成动力，努力成为最好的自己；感谢我的丈夫在我写作期间为家庭的付出与担当，和作为我学术思想感悟的第一位倾听者对我从未间断的支持。希望我们能一起努力，在各自的领域闯出一片天空，身体力行为孩子做最好的榜样；感谢我的女儿，在丹麦留学期间跟我相依为命，我们一起去适应陌生的环境，共同学习，共同进步。女儿在这一年之中成长了很多，跟我分担思乡之苦，默默忍受我的坏脾气，在这一年孤寂清苦的留学生涯中给了我莫大的安慰。

我是何等之幸运能够在这么多人的关爱下学习，能够有机会写出这本为我开启学术大门的专著，并写下这篇后记。学术之路漫漫而修远，带着对文学发自内心的热爱，我深知只有不断进取，才能对给予我关爱的人有所回报。

虽然母亲已远在天国，离开我七年了，但在我心里她从未离去，母亲一直是我的精神支柱，像一座大山一样给予我无尽的支撑。母亲的一生虽然普普通通，没有骄人的事业，但她一直认为我就是她一生最大的成就。她的坚强和永不服输的精神已经内化成我取之不尽的精神源泉。我定会让这份母爱在我的孩子身上传承下去，直到永远。谨以此书献给我的母亲，尽管这只是我人生道路上一个小小的成果，相信这份小小的礼物会让她感到欣慰。